WEIHNACHTEN IN CATAMOUNT – EINE LÖWENSHIFTER ROMANZE

CATAMOUNT LÖWENSHIFTER REIHE, BUCH 4

J.H. CROIX

Vor Jahrhunderten flüchteten sich die Berglöwen in den nördlichen Appalachen immer tiefer in die Berge, um sich davor zu schützen, dass die Menschen immer weiter in ihr riesiges Revier vorstießen. Sie entwickelten die Fähigkeit, sich von einem Menschen in einen Berglöwen und wieder zurück zu wandeln, um ihre Art vor dem Aussterben zu bewahren, während sie unbemerkt weiterleben konnten. So hielten alle Leute diese imposanten Wildkatzen für eine bloße eine Legende. Berichte über Sichtungen wurden als kühne Gerüchte abgetan. Als eine Unmöglichkeit. Bis eines Abends auf einer stark befahrenen Straße ein Auto in der Dunkelheit ein Tier erfasste. Das war die erste bestätigte Sichtung eines Berglöwen im Osten seit fast fünfundsiebzig Jahren. Die Wildkatze verstarb, ihr einzigartiges Leben war von einem Auto ausgelöscht worden. Doch dieser Berglöwe war kein gewöhnlicher Berglöwe. Die Autopsie ergab, dass es sich tatsächlich um einen Berglöwen gehandelt hatte und dass dieser Löwe vermutlich über 2.000 Kilometer von South Dakota aus zurückgelegt hatte – die längste bekannte Wanderung eines solchen Tieres. In Catamount, Maine, lebten die

Shifter mitten unter den Menschen und schützten ihre Art seit Jahrhunderten erfolgreich. Bis einer der ihren einen unwahrscheinlichen Tod fand und sie von einer Bedrohung für ihre Art erfahren mussten.

KAPITEL EINS

Roxanne Morgan wirbelte herum, reichte ein Sandwich über den Tresen und wandte sich dann sofort der nächsten Person in der Schlange zu, um deren Bestellung aufzunehmen. Sie kümmerte sich gerade um den Mittagstisch in dem kleinen Geschäft, das ihr gehörte – ein Lebensmittelgeschäft, ein Haushaltswarenladen und ein Sandwichladen in einem.

„Was darf's denn sein?", fragte sie und ließ ihren Blick über den Tresen schweifen. Als sie keine Antwort erhielt, blickte sie auf. Ihr Herz setzte einen Schlag aus und begann dann wie wild an zu pochen.

„Hey Roxy", begrüßte sie der Mann auf der anderen Seite der Theke.

Roxanne war ja nicht oft sprachlos, aber in diesem Augenblick brachte sie kein einziges Wort heraus. Max Stone stand vor ihr – der einzige Junge, den sie je geliebt hatte, der Junge, der ihr das Herz gebrochen hatte, als er Catamount ... und ihre Liebe hinter sich gelassen hatte. Ihr Blick musterte ihn – sein mahagonifarbenes Haar, seine bernsteinfarbenen Augen und seinen schlanken, kräftigen Körper. Er trug eine schwarze Daunenjacke, deren Reißverschluss geöffnet war und den Blick freigab auf ein anthrazitfarbenes Hemd und ausgeblichene Jeans. Er ließ seine Augen über sie schweifen. Sie fühlte sich nackt und ausgeliefert und versuchte krampfhaft, sich innerlich zusammenzureißen.

Ihre Wangen glühten, aber darauf achtete sie nicht. Das konnte sie schaffen. Sie musste lediglich höflich sein. Ihr Körper spielte bloß verrückt, weil sie Max schon so lange nicht mehr gesehen hatte. Das Ganze war ein Echo ihrer Vergangenheit und nichts weiter. „Hey Max. Dich habe ich ja schon seit Jahren nicht mehr gesehen", antwortete sie schließlich und ihre Worte täuschten über die Aufregung hinweg, die sie in ihrem Inneren verspürte.

In Wahrheit war es genau fünfzehn Jahre her, dass Max in Catamount gelebt hatte. Er war mit seiner Mutter weggezogen, nachdem sein Vater bei einem Unfall in einer Fabrik in der Nachbarstadt ums Leben gekommen war. Ein Jahr zuvor waren Roxanne und Max zusammengekommen, und sie hatte ihn so geliebt, wie das nur bei Jugendlichen vorkam: bis über beide Ohren und mit der romantischen Vorstellung, für immer zusammen zu sein. Die jugendlichen Hoffnungen hatten ihren Hang zum Zynismus einigermaßen in Schach gehalten und sie hatte sich mit Haut und Haaren in ihre Beziehung gestürzt. Doch eines Nachmittags, als Max eigentlich vorbeikommen sollte, rief er stattdessen an. In einem Gespräch, das vielleicht fünf Minuten gedauert hatte, hatte er ihr mitgeteilt, dass sein Vater gestorben war, dass sie umziehen würden und dass er mit ihr Schluss machen würde. Sie war viel zu fassungslos gewesen, um zu begreifen, was er da überhaupt gesagt hatte. Ein paar Tage später, als sie wieder einen klaren Gedanken fassen konnte, fuhr sie zu seinem Haus, um ihn zur Rede zu stellen, aber fand das Haus seiner Familie verschlossen vor. Auch nach stundenlangem Klopfen war niemand an die Tür gegangen.

Sie hatte sich hin- und hergerissen gefühlt zwischen der Trauer über seinen Vater und über das jähe Ende ihrer Beziehung. Doch irgendwann hatte sie ihren Kummer verdrängt und ihr Bestes gegeben, weiterzumachen. In den ersten Jahren nach seinem Verschwinden hatte sie sich gelegentlich gefragt, ob sie wohl von ihm hören würde oder ob er nach Catamount zurückkehren würde. Schließlich hatte sie das Hoffen und die Wünsche zwar aufgegeben, aber sie war nie ganz über Max hinweggekommen.

Und jetzt stand er hier vor ihr und ein Tornado von Gefühlen fegte durch sie – Verunsicherung, Hoffnung, Freude, Verärgerung, Traurigkeit und mehr. Sie ließ einen Stift zwischen ihren Fingern kreisen und überlegte, was sie nun tun sollte. Ein kleiner Teil von ihr wäre am liebsten an ihm vorbeigestürmt und hätte nicht zurückgeschaut, genauso, wie er sie vor all den Jahren verlassen hatte. Aber das stand außer Frage, immerhin gehörte ihr Roxanne's Country Store. Ein Anflug von Verärgerung durchzuckte sie. Max war mitten in ihre Welt hineingeplatzt.

„Es ist wirklich schön, dich zu sehen, Roxy", unterbrach Max ihre kurze Reise in die Welt der Erinnerungen.

Max war der Einzige, der sie jemals Roxy genannt hatte. Daher nervte es sie, dass er sie jetzt immer noch so nannte.

Aber sie zwang sich, die Fassung zu bewahren. Da sie immer noch damit rang, vernünftige Worte zu finden, nickte sie bloß. Sie konnte sich nicht dazu durchringen, ihm gegenüber einfach zuzugeben, dass es schön war, ihn zu sehen. Erleichtert stellte sie fest, dass gerade ein weiterer Kunde im Anmarsch war.

Hank Anderson, der Polizeichef von Catamount, lehnte sich gegen den Tresen. „Hey Roxanne, kann ich bitte das Übliche bekommen?"

Roxanne warf Hank einen flüchtigen Blick zu. „Klar. Gib mir nur eine Sekunde." Sie zwang sich zu einem Lächeln und wandte sich ab, um Hank eine Tasse Kaffee einzuschenken. In diesem Augenblick hätte sie alles dafür gegeben, wenn Becky ihr heute Morgen geholfen hätte. Becky war eine ihrer festen Angestellten und wäre normalerweise hiergewesen, aber sie hatte sich wegen einer Erkältung krankgemeldet. Roxanne war heilfroh, nicht unter dem zu leiden, was Becky hatte. Sie hatte sich angehört, als hätte sie mit dem Tod zu kämpfen, als sie angerufen hatte, also hatte Roxanne sie gerne darin bestärkt, zu Hause zu bleiben, bis es ihr besserging. Aber jetzt, wo Max hier war, konnte Roxanne sich auch nicht in die Küche flüchten, weil sie keine Verstärkung hatte. Sie hatte keine andere Wahl, als hier zu bleiben und sich irgendwie durch die nächsten paar Minuten zu kämpfen. Inständig hoffte sie, dass Max nicht lange bleiben würde. Während sie Hanks Kaffee mit einem Deckel verschloss, hörte sie, wie er anfing, sich mit Max zu unterhalten, und ihre Brust krampfte sich vor Angst zusammen.

„Max Stone? Verdammt, dich habe ich ja ewig nicht mehr gesehen! Wie geht's dir?", fragte Hank.

Roxanne wandte sich wieder den beiden zu und hielt Hanks Kaffee fest in der Hand. Max grinste zu Hank hinüber. „Hey Hank, schön, dich zu sehen. Es ist zwar schon lange her, aber ich bin wieder da und diesmal bleibe ich auch."

Roxanne fühlte sich, als würde sie innerlich zusammenbrechen. Max war wieder da und hatte vor, länger zu bleiben? Ihr gingen so viele Fragen durch den Kopf, dass sie nicht mehr klar denken konnte. Innerlich schüttelte sie sich. Es waren fünfzehn Jahre vergangen. Sie hatte ihre Jugendliebe zu ihm längst hinter sich gelassen, während er offensichtlich nie dasselbe empfunden hatte. Und wenn doch, konnte sie nicht verstehen, wie er die Dinge zwischen ihnen einfach so stehen hatte lassen können und dann mit so einer Selbstverständlichkeit hier auftauchen konnte. Innerlich kochte sie vor Wut, aber die drängte sie zurück. Sie musste jetzt unbedingt die Fassung bewahren und durfte keine Szene machen.

Max und Hank unterhielten sich noch immer, als sie sich umdrehte und die paar Schritte zum Tresen zurücklegte. Dann stellte sie Hank den Kaffee hin und schob ihn zu ihm hinüber. „Hier, bitte."

Hank schnappte ihn sich und nahm einen Schluck. „Ahh. Großartig." Während er sein Portemonnaie herausholte, blickte er zwischen Roxanne und Max hin und her. „Habt ihr beide in all den Jahren eigentlich Kontakt gehalten?", fragte Hank.

Seine Frage klang zwar harmlos, aber sie ließ Roxanne abermals erzürnt zusammenzucken. Sie hatte die Nase voll von neugierigen Fragen. Nachdem sie den Zehn-Dollar-Schein, den Hank ihr überreicht hatte, entgegengenommen und das Wechselgeld aus der Kasse geholt hatte, wartete sie gespannt darauf, wie Max auf Hanks Frage reagierte.

„Leider nicht", antwortete Max. „Im ersten Jahr nach dem Tod meines Dads war alles ein bisschen stressig, und ich habe keinen klaren Gedanken fassen können."

Roxanne konnte nicht verhindern, dass ihr Blick zu Max hinüberwanderte. Seine bernsteinfarbenen

Augen musterten sie. „Roxanne war die Erste, die ich aufgesucht habe, als ich hier angekommen bin, also hoffe ich, dass wir noch etwas Zeit finden, um uns auszutauschen."

Hank gluckste. „Roxanne's Country Store hier ist immer noch der Mittelpunkt von Catamount. Sie macht ihrer Familie alle Ehre, indem sie ihn in ihrem Sinne weiterführt." Hank nahm einen weiteren Schluck Kaffee. „Wie auch immer, schön dich zu sehen, Max. Wenn du etwas brauchst, komm einfach vorbei. Wo wohnst du?"

„Meine Mom hat unser altes Haus nie verkauft, also habe ich vor, das Gebäude zu restaurieren. Bis dahin habe ich ein Zimmer im Inn die Straße runter gebucht."

Hank stieß sich vom Tresen ab. „Na, da hast du aber ganz schön zu tun. Ich bezweifle, dass sonst noch irgendjemand dort gewesen ist, seit du weg bist."

Da blitzte in Max' Augen etwas auf. Früher hätte Roxanne das vielleicht für Schmerz gehalten, aber im Augenblick wusste sie es nicht. Obwohl ihr Körper von der Hitze und der Vertrautheit von Max' Anwesenheit überflutet wurde, verschloss ihr Verstand die stählernen Türen um ihr Herz und forderte von ihr, ja nicht zu glauben, dass sie ihn noch so gut kannte wie früher.

„Da bin ich mir sicher. Ich habe vor, bald dort vorbeizuschauen, um einen Blick darauf zu werfen. Schön, dich wiedergesehen zu haben, Hank."

„Wenn du Hilfe brauchst, sag Bescheid. Ich bin sicher, dass ich ein paar Schüler von der Highschool auftreiben kann, die beim Abriss mithelfen. Die sind noch jung und zu stark, um sich Sorgen um ihren Rücken zu machen", verabschiedete sich Hank, hob seine Kaffeetasse und wandte sich ab.

Max wandte sich wieder dem Tresen zu. Einen langen Augenblick lang sagte er gar nichts. Er sah sie einfach nur an, sein Blick glitt über ihr Gesicht und senkte sich zu Boden, bevor er wieder zu ihr zurückkehrte. Ihre Wangen wurden ganz heiß, als sein Blick erneut den ihren traf. „Ich schätze, das kommt für dich ziemlich unerwartet, oder?"

Mit pochendem Herzen nickte Roxanne.

Max stützte seine Hände auf die Kante des Tresens. „Mir ist natürlich klar, dass jetzt nicht der richtige Zeitpunkt ist, um sich darüber zu unterhalten, aber du sollst wissen, dass es mir leidtut. Ich hätte meine Mom zwar nach dem Tod meines Dads nicht daran hindern können, Catamount zu verlassen, aber ich hätte nicht so mit dir Schluss machen dürfen."

In dem Augenblick trat noch mehr Kundschaft an den Tresen heran. Gail Anderson, Hanks Frau, trat an Max' Seite. „Ich habe Hank gerade auf dem Weg nach draußen gesehen", berichtete Gail und machte sich nicht einmal die Mühe, ihn zu begrüßen.

Roxanne war völlig aus dem Häuschen über das, was Max da gerade gesagt hatte, und wandte sich an Gail, kaum in der Lage zu denken. Offenbar hatte sie es geschafft, zu nicken, denn Gail stieß ein Schnauben aus. „Dabei habe ich ihm genau gesagt, dass ich mich nur um ein paar Minuten verspäten würde!" Gails blaue Augen funkelten sie an. Gail und Hank lebten schon lange in Catamount, beide waren hier geboren und aufgewachsen und eng mit der Gemeinde verbunden. Hank war der Polizeichef und Gail pensionierte Lehrerin. Da warf Gail einen Blick zur Seite und ihre Augen weiteten sich. „Max Stone?"

Meine Güte. Wie viele solcher Augenblicke muss ich wohl noch erleben? Nun, Max' Familie hat lange Zeit hier gelebt, bevor sie weggezogen ist. Jeder, der ihn gekannt hat, wird sich wundern, ihn hier auf einmal zu Gesicht zu bekommen. Also gewöhne dich besser schon mal daran. Roxanne seufzte, während sie versuchte, ihre Gedanken zu ordnen. *Vielleicht bedeutet es ja überhaupt nichts, dass Max behauptet hat, er hätte nicht so Schluss machen sollen. Vielleicht hat er gar nicht so empfunden wie du, sondern fühlt sich nur schlecht, weil er so damit umgegangen ist. Glaub ja nicht, dass es irgendwas anderes ist. Verhalte dich einfach so unauffällig wie möglich und steh das durch.*

Roxanne klinkte sich in das Gespräch zwischen Max und Gail ein. „Ich habe letzten Sommer beschlossen, wieder hierher zu ziehen, nachdem meine Mom gestorben ist. Wir sind damals nur wegen ihrer Schwester dorthin gezogen, aber die ist im Jahr davor gestorben, also hat mich dort nichts mehr gehalten. Ich habe Catamount die ganze Zeit über vermisst, also habe ich beschlossen, dass es Zeit ist, nach Hause zurückzukehren", erklärte Max.

Gail schaute zwischen Max und Roxanne hin und her, ihre Augen musterten die beiden nachdenklich. Es sah so aus, als wollte sie etwas sagen, aber sie schwieg mehrere Augenblicke lang. „Es ist schön, dass du wieder da bist. Ich habe deine Mutter vermisst. Tut mir leid zu hören, dass sie verstorben ist."

Max nickte andächtig. „Ich wünschte, sie hätte vor ihrem Tod noch die Gelegenheit gehabt, hierher zurückzukommen."

Gail nickte entschlossen. „Es ist, wie es ist. Jedenfalls werden alle froh sein, dass du wieder hier bist." Dann wandte sie sich an Roxanne. „Ich war zwar mit Hank auf einen Kaffee verabredet, aber da er nicht warten wollte, nehme ich mir einen zum Mitnehmen."

Roxanne fühlte sich wie in einem unwirklichen Traum. Wie auf Autopilot drehte sie sich um und schenkte Gail eine Tasse Kaffee ein. Augenblicke später verließ Gail den Sandwichbereich und steuerte auf einen der Gänge zu, der zur Eingangstür führte.

Als Roxanne sich wieder zu Max umdrehte, zwang sie sich, nicht allzu viel zu sagen, denn sie wollte sich im Augenblick nicht mit weiteren Problemen herumschlagen. „Was darf ich dir bringen?", fragte sie, und diese Worte kamen ihr nur deshalb so locker über die Lippen, weil sie sie schon tausendmal gesagt hatte.

———

Max warf Roxanne einen Blick zu und zügelte den Drang, über den Tresen zu springen und sie in seine Arme zu schließen. Sie stand vor ihm, ihr blondes Haar zu einem lockeren Pferdeschwanz hochgesteckt, aus dem sich ein paar Locken herausgestohlen hatten, die ihr herzförmiges Gesicht umrahmten. Ihre blauen Augen waren so wunderschön, wie er sie in Erinnerung hatte, weit aufgerissen und so strahlend, dass er sich in ihnen verlieren konnte. Seit er fortgegangen war, war kein Tag vergangen, an dem er nicht an sie gedacht hatte, und jetzt stand sie vor ihm und raubte ihm den Atem. Fünfzehn Jahre später war sie etwas fülliger geworden und hatte eine kurvenreiche Figur bekommen: üppige Brüste, eine schlanke Taille und wohlgeformte Hüften. Sie strahlte eine Stärke und Kraft aus, die sie nicht besessen hatte, als die beiden noch jünger waren. Aber sie war schon immer stark und unabhängig gewesen, und so überraschte es ihn kaum, dass diese Eigenschaften in ihr aufgeblüht waren.

Max hatte so viel zu sagen, aber jetzt war weder die Zeit noch der Ort dafür. In Roxanne's Country Store herrschte reges Treiben. In der Feinkostabteilung, in der sie sich gerade befanden, saßen die Kunden an Tischen, die über den kleinen Raum verstreut waren.

Im Rest des Ladens, der eine Mischung aus Lebensmitteln, Haushaltswaren und so ziemlich allem war, schlängelten sich die Kunden durch die Gänge und füllten ihre Einkaufskörbe. Dieser Ort weckte so viele Erinnerungen in ihm, dass er fast überwältigt war.

Vor fünfzehn Jahren war er von der Schule nach Hause gekommen und hatte feststellen müssen, dass seine Mutter bereits alles in seinem Zimmer zusammengepackt hatte. Dann hatte sie angekündigt, dass sie nach Virginia ziehen würden. An diesem Morgen war sein Vater bei einem Unfall in der Papierfabrik in einer Nachbarstadt ums Leben gekommen. Die Polizei war in der Schule aufgetaucht, um ihn davon zu unterrichten, und hatte ihn nach Hause gefahren. Die Augen seiner Mutter waren geschwollen und rot gewesen, und das Einzige, was sie zusammenzuhalten schien, war der Drang, Catamount so schnell wie möglich zu verlassen. Max war innerlich völlig aufgewühlt und wusste nicht, was er von all dem halten sollte. Er war sich immer noch nicht im Klaren darüber, warum er mit Roxanne eigentlich Schluss gemacht hatte, als er sie angerufen hatte, um ihr zu schildern, was vorgefallen war. Immer wieder ging er das Gespräch in seinen Gedanken durch. Er konnte sich das Ganze nur so erklären, dass er durch den Tod seines Vaters und die plötzliche Ankündigung seiner Mutter so mitgenommen gewesen war, dass er den Eindruck gehabt hatte, nun würde alles mit einem Mal zu Ende gehen.

Er war durch die nächsten Wochen getaumelt, hatte sich in den Gefühlswirren um den Tod seines Vaters und die Trauer seiner Mutter gewunden und versucht, sich an einen neuen Wohnort zu gewöhnen. Er war in Catamount, im Bundesstaat Maine, geboren und aufgewachsen – einer Hochburg von Shiftern.

Nachdem er in eine Familie von Shiftern hineingeboren worden war, hatte er sich an ein Leben im Verborgenen gewöhnen müssen, als sie nach Virginia umgezogen waren. Die Jahre waren vergangen, aber er hatte Roxanne nie vergessen. Hin und wieder hatte er mit dem Gedanken gespielt, sie anzurufen. Und einmal war ihm das tatsächlich gelungen. Aber ihre Mutter hatte abgenommen und ihm klipp und klar zu verstehen gegeben, dass er Roxanne das Herz gebrochen hatte, was ihn am Boden zerstört hatte. Ob sie Roxanne von seinem Anruf berichtet hatte, wusste er nicht. Danach hatte er nie wieder den Mut aufgebracht, Roxanne anzurufen.

Er blickte zu Roxanne hinüber. Ein scharfer Schmerz durchfuhr ihn, als er den misstrauischen Ausdruck in ihren Augen wahrnahm. Er wollte unbedingt mit ihr ins Reine kommen. Und zwar jetzt. Gerade, als er etwas sagen wollte, trat ein weiterer Kunde an den Tresen. Zum Glück schien derjenige ihn nicht zu kennen. Er bestellte ein Sandwich und setzte sich an einen der kleinen runden Tische. Da fiel Roxannes Blick auf ihn. „Wenn du etwas bestellen möchtest, wäre jetzt der richtige Zeitpunkt dafür.“

In ihrer Stimme lag ein scharfer Ton, der ihn bis ins Mark traf. Er musste das unbedingt mit ihr klären. Max kämpfte gegen den Drang an, sie zu fragen, ob sie sich jetzt unterhalten könnten. „Gut. Ich sehe schon, du bist beschäftigt. Ich nehme einen Kaffee.“

Sie wandte sich ab und trat hinter einen anderen Tresen, um das gewünschte Sandwich zuzubereiten. Nachdem sie es dem Kunden überreicht hatte, holte sie ihm seinen Kaffee. Als sie den leuchtend blauen Pappbecher über den Tresen schob, schlug ihm das Herz bis zum Hals. Er erinnerte sich an viele Nachmittage, die er hier mit ihr verbracht hatte. Sie verwendete immer noch die gleichen Becher, die ihre Eltern schon benutzt hatten, als sie den Laden noch geführt hatten. Gerade war sie damit beschäftigt, etwas an der Kasse zu erledigen. In der Hoffnung, dass sie in ihrem Tun innehalten würde, wartete er. Als sie das aber nicht tat, trat er an die Kasse heran. Das hier war zu wichtig, also wollte er noch nicht von ihr ablassen.

„Roxy?"

Ihre Augen blitzten auf. Für einen kurzen Augenblick erkannte er dort Schmerz und etwas anderes, aber sie verschloss sich schnell wieder. Er fuhr unbeirrt fort. „Hör zu, ich hoffe, wir können uns unterhalten. Bald. Ich habe dich vermisst. Mehr als ich je in Worte fassen könnte. Ich mache mich jetzt vom Acker, weil ich weiß, dass du zu tun hast, aber vielleicht kann ich dich zum Essen einladen oder so?"

Roxanne blickte ihn so lange an, dass er ganz verunsichert wurde. Er hörte, wie sie tief einatmete und ihre Augen schloss. Als sie sie wieder öffnete, sah sie ihn direkt an. „Einverstanden. Na gut. Bringen wir die Sache einfach hinter uns. Aber heute Abend geht nicht, weil Becky krank ist, also bleibe ich bis Ladenschluss hier. Wie wäre es mit morgen?"

Er konnte sich ein Lächeln nicht verkneifen. „Morgen ist großartig. Um sechs?"

Sie nickte langsam. Dann griff er nach einem kleinen Block Papier und einem Stift, die neben der Kasse lagen. Schnell notierte er seine Handynummer. „Nur damit du sie hast."

———

Roxanne sah Max nach. Er schlängelte sich zwischen den Tischen hindurch und lief den Mittelgang hinunter, sein schlanker Körper bewegte sich schlaksig und vermittelte dennoch ein Gefühl von Stärke. Sein dunkles Haar schimmerte in der Sonne, die durch die Fensterfront fiel. Als er die Tür erreichte, blickte er zurück und sie hatte das Gefühl, dass ein unsichtbarer Strom zwischen ihnen floss. Selbst auf der anderen Seite des Raumes, mit Tischen und Gängen zwischen ihnen, spürte sie diese flirrende Verbindung. Dann wandte sie ihren Blick von ihm ab und sah den nächsten Kunden an. Dabei fragte sie sich, ob sie wohl den Verstand verloren hatte, als sie so schnell eingewilligt hatte, mit ihm zu Abend zu essen.

KAPITEL ZWEI

Als Max nach draußen trat, sah er sich auf der Main Street in beide Richtungen um, bevor sein Blick auf dem Schild des Ladens landete – Roxanne's Country Store, Wir haben Alles. Sein Herz schlug höher. Nachdem er vor vielen Jahren in der Highschool den Mut aufgebracht hatte, Roxanne um ein Date zu bitten, war er fast jeden Tag nach der Schule an diesem Laden vorbeigekommen, um sie zu sehen. Mit diesem Laden verband er ausschließlich schöne Erinnerungen. Sein Blick schweifte weiter über den malerischen Park und die gepflegten, von Bäumen gesäumten Straßen der Stadt. Catamount war eine ziemlich gewöhnliche Stadt in Neuengland in Maine. Das Besondere an ihr war ein gut gehütetes Geheimnis – nämlich, dass es Berglöwenshifter gab. Max hatte gar nicht erkannt, wie schwer es sein würde, seine zweifache Persönlichkeit zu verbergen, bis er nicht mehr in Catamount lebte. Als er heute Morgen die Autobahnausfahrt nach Catamount gesehen hatte, hatte sich sein ganzes Wesen ein klein wenig entspannt. Nicht, dass Shifter in Catamount in aller Öffentlichkeit herumgelaufen wären, aber hier wusste er wenigstens, dass er von anderen Shiftern umgeben war, die verstanden, wer und was er war.

Er hatte wahrscheinlich schon viel zu lange auf dem Bürgersteig herumgestanden, vor allem, weil er den Drang zügeln musste, sich umzudrehen und zurück in den Laden zu gehen, um Roxy wiederzusehen. Sie war genau so, wie er sie in Erinnerung hatte und noch viel mehr. Er würde einen ganzen Tag warten müssen, bis er die Gelegenheit bekam, sich mit ihr zu unterhalten. Aber da er bereits fünfzehn Jahre auf eine solche Möglichkeit gewartet hatte, war er sich sicher, dass er es schaffen würde. Er hatte nicht damit gerechnet, wie stark ihre Anziehungskraft auf ihn in dem Augenblick sein würde, in dem er sie erblickte. Der Löwe in ihm wusste mit unerschütterlicher Gewissheit, dass sie für ihn bestimmt war. Jetzt musste er nur noch eine Möglichkeit finden, ihr verschlossenes Herz von dieser Wahrheit zu überzeugen. Er konnte nur hoffen, dass sie ihm verzeihen würde, dass er sie vor all den Jahren verlassen hatte.

Er nahm einen Schluck des köstlichen Kaffees, den sie ihm zubereitet hatte, und machte sich schließlich auf den Weg zu seinem Auto, einem schwarzen Geländewagen, der auf der anderen Straßenseite parkte. Er stieg ein und fuhr zu seinem Elternhaus. Das Haus lag nur wenige Minuten vom Stadtzentrum Catamounts entfernt, an einer kurvenreichen Bergstraße.

Catamount hatte vor Jahrhunderten als kleine Stadt tief in den Wäldern von Maine begonnen, versteckt in den Ausläufern der Appalachian Mountains. Damals hatten Berglöwen um den Fortbestand ihrer Art zu kämpfen gehabt, da ihr Revier Jahr für Jahr geschrumpft war, weil die Menschen in ihr Gebiet vorgedrungen waren. Daher galten sie im Osten als weitgehend ausgerottet, und das schon seit über fünfundsiebzig Jahren. Allerdings war dabei vergessen worden, dass vor einigen Jahrhunderten hoch in den Appalachen auf dem berühmten Mount Katahdin ein Wurf Berglöwen geboren worden war, der die unerklärliche Fähigkeit besaß, sich von einem Löwen in einen Menschen zu wandeln und zurück. Diese genetische Besonderheit setzte sich bei einem Stamm von Berglöwen fort, wobei die ursprünglich verwilderten östlichen Berglöwen ausstarben, während ihre wandelbaren Gegenstücke trotz aller Widrigkeiten überlebten.

Catamount lag südlich des Mount Katahdin in den Appalachen, wo die Berge kleiner waren und es viele Seen gab. Das ehemals kleine Städtchen war im Laufe der Jahrhunderte zu einer mittelgroßen, geschäftigen Gemeinde herangewachsen. Shifter lebten inmitten von Menschen, ihr Dasein war ein gut gehütetes Geheimnis. Max dachte an den Nachmittag zurück, als er von der Schule nach Hause gekommen war, nachdem er erfahren hatte, dass sein Vater gestorben war. Innerhalb weniger Stunden war sein Leben auf den Kopf gestellt worden, und er war weit weg von seinem Zuhause in Catamount gebracht worden. Als er um eine Kurve bog, fiel es ihm plötzlich wie Schuppen von den Augen. Er brauchte nicht länger darüber nachzudenken. Er war nun wieder zurück und die einzige Frau, der sein Herz gehörte, war hier. Er musste bloß noch herausfinden, wie er sie zurückgewinnen konnte.

Max bog um eine weitere Kurve und hielt vor der Einfahrt zum Haus seiner Familie an. Dabei erinnerte er sich an Hanks Bemerkung, dass das Grundstück zugewachsen sei. Das war vielleicht eine leichte Untertreibung gewesen. Die Bäume im vorderen Teil des

Grundstücks waren von Ranken überwuchert und schirmten das Haus fast vollständig ab. Er bog in die Einfahrt ein, die mit Unkraut und Gras überwuchert war, und kurvte langsam durch die halbkreisförmige Einfahrt, bevor er zum Stehen kam. Das Haus war im klassischen Landhausstil erbaut worden und hatte früher einmal seinen eigenen Charme besessen. Das konnte man jetzt nicht mehr behaupten. Unkraut wucherte in den alten Blumenbeeten seiner Mutter. Mehrere Fensterläden hingen lose herunter und einige waren zu Boden gefallen. Das Haus brauchte dringend einen neuen Anstrich, und es schien, als müssten auch einige Fenster ausgetauscht werden.

Langsam stieg er aus seinem Auto und die Erinnerungen überfielen ihn. Er näherte sich dem Haus und stieg die Treppe hinauf. Dann fischte er seinen alten Hausschlüssel aus der Tasche. Einen Augenblick später stand er in dem staubigen Haus. Er fragte sich, ob seit dem Tag, an dem er und seine Mutter fortgegangen waren, überhaupt irgendjemand dieses Haus betreten hatte. Er hatte nicht daran gedacht, sie zu fragen, ob sie in all den Jahren jemanden nach dem Haus hatte sehen lassen. Ein flüchtiger Rundgang zeigte, dass jemand vorbeigekommen sein musste, wahrscheinlich in den ersten Tagen nach ihrer Abreise, um den Kühlschrank zu leeren und ihn zu reinigen. Er war zwar etwas angestaubt, aber ansonsten blitzblank. Auch die Schränke in der Küche waren leer. Langsam durchquerte er das Untergeschoss, das gewöhnlich aus einem Wohn- und einem Esszimmer bestand, die durch eine Treppe voneinander getrennt waren. Die Küche und ein Badezimmer mit Waschküche befanden sich im hinteren Teil des Erdgeschosses.

Er stieg die Treppe hinauf, die zu einem kurzen Flur führte, von dem aus drei Schlafzimmer zu erreichen waren. An den Flur schloss sich ein Bad an, und im großen Schlafzimmer befand sich ein weiteres. Er warf einen Blick in das alte Schlafzimmer seiner Eltern und stellte fest, dass die Möbel zwar noch dort standen, aber alles andere leer war. Mit einem tiefen Atemzug drehte er sich um und marschierte am leeren Gästezimmer vorbei zu seinem alten Kinderzimmer. Genau wie die anderen Zimmer war auch dieses bis auf die Möbel ausgeräumt. In seinem Magen breitete sich ein Gefühl der Leere aus. Er trat an das Fenster, das auf den Hintergarten hinausging. Eine verfallene Steinmauer umgab das große Grundstück. Das Haus lag in einer Senke zwischen zwei Hügeln, nicht ganz ein Tal, denn Catamount lag in den Ausläufern der Berge. Ein kleiner Bach schlängelte sich am Hang entlang und durchquerte die hintere Ecke des Grundstücks durch zwei kleine Bögen in der Steinmauer.

Während er die Aussicht genoss, kamen ihm die Erinnerungen an die Nachmittage mit Roxanne in den Sinn. Damals hatte er jede Gelegenheit genutzt, um mit ihr allein zu sein, und er hatte sein altes Baumhaus so hergerichtet, dass er Roxanne dorthin mitnehmen konnte. Sein Vater hatte ihm geholfen, Sitzsäcke die wackelige Leiter hinaufzuschleppen. Bei schönem Wetter hatten sie viele Nachmittage in diesen bequemen Sitzgelegenheiten verbracht. Heute waren nur ein paar Bretter im Baum geblieben, der Rest lag auf dem Boden und war wahrscheinlich im Laufe der Jahre vom Wind heruntergeweht worden.

Er erinnerte sich daran, dass seine Mutter und er überstürzt aufgebrochen waren und dass sie die meisten seiner Habseligkeiten schon gepackt hatte, bevor er nach Hause gekommen war. All die Jahre, in denen er sich gefragt hatte, warum sie so unerwartet fortgegangen waren, ließen ihn einen Stich von Wut verspüren. Vielleicht hatte er jetzt ja mehr Antworten als zuvor, aber es tat dennoch weh. Als er Roxy wieder-gesehen hatte, hatte er sich gewünscht, er wäre damals ein bisschen reifer und klüger gewesen. Er hatte sie so lange mit jeder Faser seines Seins vermisst, dass sich ihr Fehlen tief in sein Leben eingebrannt hatte. Rück-blickend wünschte er sich, er hätte einen Weg gefun-den, anders mit all dem umzugehen. Als er den Tod seines Vaters verkraften musste und seine Mutter darauf bestanden hatte, dass er sich von allen in Cata-mount trennen sollte, hatte er nicht gewusst, was er sonst tun sollte, als sich von ihr zu verabschieden. Er hoffte nur, dass er die zweite Gelegenheit bekommen würde, die er sich mit Roxy so sehr wünschte.

Er wandte sich vom Fenster ab, um seine Erinne-rungen zu vertreiben, und lief die Treppe hinunter. Er musste unbedingt zurück in die Stadt und im Inn einchecken, bevor er das Haus wieder auf Vordermann bringen konnte.

Roxanne schob den vollen Geschirrkorb in den Geschirrspüler im hinteren Teil der Küche des Sand-wichladens. Nachdem das Gestell eingerastet war, betätigte sie den Knopf, um die Maschine zu starten und trat an die Spüle, um sich die Hände zu waschen. Der Sandwichbereich des Ladens schloss eine ganze Stunde früher als der Rest, was Roxanne freute, da sie so Zeit hatte, aufzuräumen und die Abläufe für den nächsten Tag festzulegen. Als sie den Laden nach dem Tod ihres Vaters schließlich übernommen hatte, war der bereits seit Jahrzehnten reibungslos gelaufen. Ihre Mutter hatte ein Jahr vor dem Tod ihres Vaters einen Schlaganfall erlitten, sodass Roxanne den Laden im

Grunde schon lange vor ihrer offiziellen Übernahme geleitet hatte.

Sie hatte den ganzen Tag über genossen, dass sie so viel zu tun hatte, während sie versucht hatte, nicht mehr über Max Stones plötzliches Wiederauftauchen in Catamount nachzudenken. Seinen Worten nach hatte es so geklungen, als wollte er bleiben. Bevor sie ihn heute wiedergesehen hatte, war sie davon überzeugt gewesen, dass ihre Erinnerungen daran, wie stark ihre Beziehung gewesen war, übertrieben waren. Doch dann war er wieder in ihr Leben getreten. Und mit einem Schlag hatte seine bloße Anwesenheit ihre Zuversicht, dass sie längst alles hinter sich gelassen hatte, zunichtegemacht und jeden Gedanken daran, dass sie sich die Tiefe ihrer Verbindung bloß eingebildet hatte, ausgelöscht. Es war, als ob eine leibhaftige Kraft sie miteinander verband. Und es passte ihr überhaupt nicht, wie viel Macht er über ihr Herz besaß.

Sie zog ihre Schürze aus und stopfte sie in den Wäschekorb in der hinteren Ecke des Ladens, bevor sie sich auf den Weg nach vorne machte. Diane Franklin hatte gerade einen Kunden bedient und stützte sich mit der Hüfte gegen den Kassentresen, als sie Roxanne auf sich zukommen sah.

„Lässt du es für heute gut sein?", fragte Diane grinsend, als die Kundin den Laden verließ.

„Ich wollte nur nachsehen, ob wir die Schichten für morgen schon besetzt haben."

Diane wandte sich um und öffnete den Planer auf dem Bildschirm. Ihr langes, dunkles Haar mit den silbernen Strähnen fiel ihr in einem Zopf über den Rücken, der hin und her schwang, als sie sich wieder Roxanne zuwandte. „Alles vorbereitet. Brauchst du zusätzliche Hilfe mit den Sandwiches? Du hast den ganzen Tag für zwei gearbeitet, weil Becky nicht da war." Diane leitete den vorderen Teil des Ladens. Sie hatte vor Jahren angefangen, für Roxannes Eltern zu arbeiten. Roxanne wüsste nicht, was sie ohne Dianes ruhige Hand getan hätte. So konnte Roxanne das tun, was ihr am meisten Spaß machte – kochen und schäkern – und die Arbeit hinter den Kulissen erledigen, wie beispielsweise die Bestellungen und die Buchhaltung.

Roxanne lehnte sich gegenüber von Diane an den Tresen und zuckte mit den Schultern. „Das schaffe ich schon. Morgen wäre sie ohnehin nicht im Dienst."

Diane ließ ihre braunen Augen über Roxanne schweifen. „Gut. Aber wenn du danach Hilfe brauchst, kann ich jemanden finden, der einspringt."

Roxanne schüttelte den Kopf. „Du brauchst niemanden anzurufen. Es sind ja nur ein paar Tage. Wie ist es denn heute hier gelaufen?"

„Genauso wie immer. Immer was los." Dann hielt Diane inne und blickte nachdenklich drein. „Also, Max Stone ist wieder in der Stadt, was?"

Roxanne wurde ganz flau im Magen, als sie seinen Namen hörte, und ihr Herz krampfte sich zusammen, während die Gefühle in ihr hochkochten – Angst und Schmerz, begleitet von einer tiefen Sehnsucht. Sein Erscheinen hatte einen regelrechten Tornado in ihr ausgelöst. In jedem freien Augenblick, in dem sie heute nicht mit anderen Dingen beschäftigt war, fragte sie sich, was es wohl zu bedeuten hatte, dass er behauptet hatte, er hätte sie vermisst. Sie wollte unbedingt wissen, ob er sie wohl genauso vermisst hatte, wie sie ihn. Neben dieser Sehnsucht war sie aber auch sauer auf sich selbst, weil er ihr so verdammt viel bedeutete. Endlich begegnete sie Dianes Blick. „Scheint so." Ihr kurzer Kommentar verbarg den Aufruhr, den sie in sich spürte.

Diane nickte langsam. „Und was denkst du darüber? Ich meine, du und er, alle haben gedacht, ihr würdet für immer zusammenbleiben."

Roxanne wäre bei Dianes Bemerkung fast in Tränen ausgebrochen. Sie hatte auch gedacht, dass sie für immer zusammen sein würden, und es hatte höllisch wehgetan, dass dieser Traum zerplatzt war. In diesem Augenblick bimmelte die Türglocke und Shana Thorne kam herein. Shanas dunkelblondes Haar wurde von dem sanften Windstoß, der ihr durch die Tür folgte, aufgewirbelt. Nachdem sie die Tür hinter sich geschlossen hatte, strich sie sich die Haare glatt und warf einen Blick zur Kasse hinüber. „Hey, mit dir habe ich hier ja überhaupt nicht gerechnet", stellte sie fest und ihre blaugrauen Augen funkelten, als sie Roxanne sah.

Roxanne zuckte mit den Schultern. „Ich bin hinten fertig."

Shanas Augen wanderten zu Diane. „Ich habe glatt vergessen, dass ich gar kein Mehl mehr habe, nachdem ich schon angefangen hatte zu backen."

Diane grinste. „Gut, dass wir bis zehn geöffnet haben. Moment, ich hole dir dein Mehl." Diane umrundete den Tresen und steuerte einen der Gänge an.

Shana trat an Roxannes Seite und lehnte sich neben ihr gegen den Tresen. „Wie läuft's denn so?"

Roxanne zuckte erneut mit den Schultern. „Gut." Shana war eine ihrer engsten Freundinnen und Roxanne kämpfte mit dem Drang, ihr von Max zu erzählen, als Diane zurückkam und eine Tüte Mehl in die Höhe hielt.

„Hier, bitte", verkündete Diane, stellte das Mehl auf den Tresen und kassierte schnell bei Shana ab.

Shana bezahlte und warf Roxanne einen Blick zu,

während sie ihr Portemonnaie wieder in ihre Tasche steckte. „Also, was ist los?", fragte sie vorsichtig.

Roxanne schluckte gegen die aufkeimenden Gefühle an. Shana war für sie da gewesen, nachdem Max sie verlassen hatte. Mit ihren siebzehn Jahren war sie damals so jung gewesen und hatte so gelitten, wie wohl nur verunsicherte Teenager leiden können. Shana und ein paar von Roxannes engsten Freundinnen hatten ihr geholfen, die plötzliche Trennung von Max zu verkraften. Roxanne wusste nicht, ob sie die Turbulenzen, die nur Max in ihr auszulösen schien, noch einmal erleben wollte.

Da meldete sich Diane zu Wort. „Max Stone ist wieder in der Stadt. Er hat heute kurz vorbeigeschaut. Gerüchten zufolge soll er auf Dauer hierbleiben."

Shanas Augen weiteten sich und wanderten zu Roxanne. „Oh. Wow. Hat er denn mit dir gesprochen?"

Roxanne nickte und seufzte. „Ja. Er war im Laden und hat sich einen Kaffee geholt."

„Und?", fragte Shana und strich ihr über die Hand.

„Er hat gesagt, dass er mich vermisst und dass wir reden müssen."

Zwei Augenpaare weiteten sich, als ihre Freundinnen sie ansahen. Fast hätte sie laut losgelacht.

„Das hat er wirklich gesagt?", fragte Shana.

Roxanne nickte heftig. „Hm, ja. Keine Ahnung, was ich davon halten soll. Hank war auch zufällig da, als Max hier war. Er hat Hank erzählt, dass er vorhat zu bleiben. Ich schätze, seine Mutter hat ihr altes Haus nie verkauft." Sie erzählte zwar nur ein paar Kleinigkeiten, aber die Gewissheit, dass Max tatsächlich hier war, ließ sie innerlich erschaudern.

Shana sah sie einen langen Augenblick lang an und neigte dann den Kopf zur Seite. „Und ... was hältst du von all dem?"

Diane blickte zu Shana. „Das habe ich sie auch gefragt, kurz bevor du aufgetaucht bist."

Roxanne war es gewohnt, ihre Gefühle besser unter Kontrolle zu haben und war normalerweise diejenige, die mit einem bissigen Kommentar die Stimmung auflockern konnte. Im Augenblick konnte sie allerdings keinen ihrer flotten Sprüche zum Besten geben. Sie fühlte sich in die ersten Monate zurückversetzt, nachdem Max sie verlassen hatte und sie ihren ersten Liebeskummer bewältigen musste. Nun, eigentlich ihren einzigen Liebeskummer, da sie nie wieder jemanden so nah an sich herangelassen hätte. Sie atmete tief durch und versuchte, die Anspannung in ihrer Brust zu lösen. Dabei blickte sie zu ihren beiden Freundinnen hinüber – Shana, die jeden Abschnitt ihres Lebens mit ihr geteilt hatte, als sie in Catamount aufgewachsen war, und Diane, die mehr wie eine überfürsorgliche Tante war und die engste Verbindung zu ihren Eltern darstellte, seit diese beide verstorben waren.

„Ich habe keine Ahnung, was ich davon halten soll. Es gibt da eine Menge Fragen, die ich an ihn habe, und ich bin immer noch ziemlich sauer. Ich hätte zwar gedacht, das wäre nicht der Fall, aber ich habe ihn ja auch seit fünfzehn Jahren nicht mehr gesehen."

Shana trat näher heran und legte ihr einen Arm um die Schultern. „Nun, das ist ja nur allzu verständlich. Wenn eine von uns ihm in den Arsch treten soll, gib einfach Bescheid."

Das brachte ihr ein schiefes Lächeln ein. Roxanne warf Shana einen kurzen Blick zu. „Gut zu wissen. Ich schätze, ich werde jetzt endlich die Gelegenheit bekommen, herauszufinden, was zum Teufel da eigentlich passiert ist."

KAPITEL DREI

Am nächsten Morgen stand Max mitten in seinem Hotelzimmer und sah sich um. Seltsam, dass er es endlich geschafft hatte, nach Hause zu finden, und trotzdem hatte er das Gefühl, als würde er ein geborgtes Leben führen. Es hatte zwar nicht erwartet, dass das Haus seiner Familie in einem guten Zustand sein würde, aber er war trotzdem nicht darauf vorbereitet, wie leer und verlassen es sich dort anfühlte. Fünfzehn Jahre lang hatte er sich nichts sehnlicher gewünscht, als zurück nach Catamount zu kommen, wo er sich wie zu Hause fühlte. Nun, da er Roxy endlich wiedergesehen hatte, war er sich nicht sicher, ob seine Sehnsucht, nach Catamount zurückzukehren, auf den Ort oder auf sie zurückzuführen war. Er hatte ein Zimmer im Catamount Inn gemietet. Ein mächtiges altes Herrenhaus, das vor mehr als zweihundert Jahren erbaut worden war, war zu einer hübschen Frühstückspension umgebaut worden, um die Touristen zu bewirten, die im Sommer und Winter nach Catamount und in viele andere Städte in Maine strömten. Maine war mit warmen Sommern gesegnet, mit dem Meer auf der einen und den Bergen auf der anderen Seite des Staates. Im Winter kamen die Skifahrer zu Besuch. Catamount besaß zwar kein ausgedehntes Wintersportgebiet, aber eine der Nachbarstädte schon, und so profitierte Catamount auch davon.

Max' Suite bestand aus einem hübschen Schlafzimmer mit einem Wohnzimmer auf der einen Seite und einem Badezimmer mit einer gewaltigen freistehenden Badewanne. Die Besitzer haben das Haus seiner Zeit entsprechend eingerichtet, mit schimmernden Eichenböden, hohen Decken und großen Fenstern im ganzen Haus. Das Inn war mit klassischen Möbeln im schlichten Shakerstil eingerichtet, der in dieser Gegend sehr beliebt war. Während die Ästhetik des Gebäudes erhalten geblieben war, wurden auch moderne Annehmlichkeiten eingebaut. Die alten Heizkörper dienten nur noch der Dekoration und das Badezimmer war komplett erneuert worden.

Bevor er nach Catamount zurückgekehrt war, hatte er das Haus seiner Mutter in Virginia und so ziemlich alles darin verkauft. Er war fest entschlossen gewesen, dieses Kapitel seines Lebens abzuschließen, und das hatte er auch getan. Daher besaß er lediglich den Seesack, den er neben der Kommode auf den Boden geworfen hatte, und ein paar Kartons bei sich, die per Post zu ihm unterwegs waren. Er wandte sich dem Fenster zur Main Street zu und schob den Vorhang zurück. Die Straße hinunter war Roxanne's Country Store zu sehen. Der Laden war in einem anderen hübschen alten Haus untergebracht. Ganz Neuengland war übersät mit diesen gut erhaltenen Häusern, von denen viele über Jahrhunderte hinweg liebevoll gepflegt worden waren. Der Laden befand sich in einem stattlichen

Kolonialhaus an einer Ecke. Roxannes Großvater hatte den Laden während der Großen Depression gegründet und ihn nach ihrer Geburt nach ihr benannt. Er war mit seiner jungen Familie in die beiden oberen Etagen des dreistöckigen Hauses gezogen und hatte das gesamte Untergeschoss zu einem Laden umgebaut. Der Laden war inzwischen zu einem festen Bestandteil von Catamount geworden, und Max konnte sich die Stadt ohne ihn gar nicht mehr vorstellen.

Er fragte sich, wie es wohl Roxanne in all den Jahren ergangen war. Er hatte ein wenig im Internet recherchiert, bevor er zurückgekommen war, vor allem, weil er sich nicht an die Hoffnung klammern wollte, dass er vielleicht doch noch eine Chance bei ihr haben könnte, wenn sie längst anderweitig gebunden war. Er wusste, dass sie nicht verheiratet war, aber viel mehr hatte er nicht in Erfahrung bringen können. Es überraschte ihn zwar nicht, aber Roxanne war online nicht sonderlich präsent. Er wandte sich vom Fenster ab und ließ den Vorhang sinken. Dann schnappte er sich seine Jacke vom Haken an der Tür.

Einen Augenblick später lief er die Straße entlang, ohne ein bestimmtes Ziel vor Augen zu haben. Er musste sich körperlich dazu zwingen, sich von Roxannes Laden fernzuhalten. Wenn es nach dem Willen seines Löwen ginge, wäre er wieder direkt zu ihr marschiert. Eindringlich erinnerte er sich daran, dass er sich heute Abend mit ihr treffen würde. Er hätte zwar durchaus eine Tasse ihres Kaffees gebrauchen können, aber er würde schon etwas anderes finden. In den Straßen von Catamount gab es viele vertraute Geschäfte, aber auch ein paar neue. Er schob sich durch die Schwingtür einer Tankstelle, wo er sich einen Kaffee und einen Muffin aus dem winzigen

Frischebereich gönnte, bevor er seinen Weg zum Inn zurückverfolgen würde.

Er aß an einem kleinen Tisch am Fenster und blickte auf die Stadt hinaus. Catamount befand sich mitten in der Erntezeit und Thanksgiving und Weihnachten waren nicht mehr weit. Die Mitarbeiter der Stadt hängten Lichterketten an den Straßen auf. Ein komisches Gefühl breitete sich in Max' Brust aus, als ihm klar wurde, dass er hier keine Familie hatte, mit der er die Feiertage hätte verbringen können. Als er aufgewachsen war, war seine Familie eng mit der Gemeinde verflochten gewesen. Die Gemeinschaft der Shifter hielt eng zusammen und seine Eltern waren beide in Catamount geboren und aufgewachsen. Seine Großeltern waren vor dem Tod seines Vaters verstorben, sodass niemand aus der Familie in Catamount zurückgeblieben war. Im Laufe der Jahre hatte sich seine Familie oft mit anderen Shifterfamilien zu den Feiertagen in Roxanne's Country Store versammelt. Er fragte sich, ob diese Tradition wohl weitergeführt worden war und vor allem, ob es ihm gelingen würde, seine Beziehung zu Roxy so weit wiederherzustellen, dass er daran teilnehmen konnte. Obwohl er jahrelang damit verbracht hatte, sich damit abzufinden, dass Roxy nicht mehr Teil seines Lebens war, war er nicht darauf vorbereitet gewesen, wie stark ihn das Wiedersehen mit ihr berühren würde. Das beständige Gefühl, sie zu vermissen, hatte sich in eine tiefe, unbändige Sehnsucht nach ihr verwandelt, jetzt, wo sie in seiner Nähe war.

Roxanne räumte schnell die Kisten mit den Lebensmitteln aus, die mit der Lieferung von heute

Morgen eingetroffen waren. Normalerweise beauftragte sie Joey Anderson, Gails und Hanks Neffen, mit der Auffüllung des Lagerraums. Mit seinen siebzehn Jahren war er jung, stark und ein harter Arbeiter. Er erledigte im Laden so ziemlich alle Aufgaben. Sie hatte zwar versucht, die übliche Bestandsaufnahme der Waren mit Hilfe ihrer Inventurlisten zu machen, aber sie war so abgelenkt von den Gedanken an Max, dass sie sich nicht konzentrieren konnte. Sie hievte eine Kiste mit verschiedenen Gewürzen auf die Theke und begann, damit die Regale aufzufüllen. Sie konnte zwar ihre Gedanken nicht abstellen, aber wenigstens spielte es keine Rolle, dass sie bei dieser Aufgabe nicht klar denken konnte.

Immer wieder kamen ihr Max' Worte in den Sinn. *„Ich habe dich vermisst. Mehr als ich je in Worte fassen könnte."* Diese beiden Sätze hallten wie eine Glocke in ihr nach, und weckten alte Hoffnungen und Träume, die sie vor langer Zeit aufgegeben hatte. Sie schüttelte heftig den Kopf und stellte den letzten Gegenstand ins Regal, zerlegte die leere Schachtel, warf sie achtlos in die Ecke des Raumes und schnappte sich die nächste Schachtel.

„Bist du sauer auf das Blauschimmelkäse-Dressing oder was?"

Roxanne warf einen Blick über ihre Schulter und sah Phoebe North in der Tür des Lagerraums stehen. Wie Shana war auch Phoebe eine alte Jugendfreundin. In ihren dunklen Augen schimmerte ein Hauch von Schabernack. Roxanne wurde etwas langsamer und stellte die Flasche mit dem Dressing sorgfältig auf das Regal, bevor sie ihr einen kleinen Schubs gab. Sie hatte die Flaschen praktisch ins Regal geworfen. Dann lehnte sie sich an den Tisch daneben und zuckte mit den Schultern.

„Und wenn schon?", fragte sie.

Phoebe trat in den Raum und lehnte sich mit der Hüfte gegen den Tisch. „Das passt so gar nicht zu dir", konterte sie mit einem kurzen Lachen. Dabei strich sie sich die dunklen Haare von den Schultern. „Lässt du nicht normalerweise Joey die Regale nachräumen?"

Roxanne nickte. „Normalerweise schon. Aber heute hatte ich Lust, das selbst zu erledigen."

Phoebe musterte sie und Roxanne hatte plötzlich das Gefühl, sie würde unter einem Mikroskop betrachtet. Der Nachteil, wenn man Freundinnen hat, die einen schon ewig kennen, ist, dass sie so ziemlich alles mitbekommen. Roxanne nahm an, dass sich die Nachricht von Max' Rückkehr inzwischen in Catamount herumgesprochen hatte.

Phoebe verlor keine Zeit und kam gleich zur Sache. „Ich habe gehört, dass Max Stone wieder in der Stadt ist, und dass er gestern zufällig auch hier gewesen ist."

Roxanne nickte, während sich ihr der Magen umdrehte und ihre Brust sich zusammenzog. Sie hasste es, wie schnell Max' plötzliches Wiederauftauchen in ihrem Leben sie innerlich und äußerlich aufgewühlt und ihr gezeigt hatte, wie sehr sie noch nicht über ihn hinweggekommen war. Es war so viel einfacher gewesen zu glauben, dass sie ihn längst hinter sich gelassen hatte, solange sie ihm nicht gegenübertreten musste. Nun fragte sie sich, ob sie nicht total verrückt geworden war, sich mit ihm zum Essen zu verabreden. Aber jetzt konnte sie keinen Rückzieher mehr machen. Jedes Mal, wenn sie darüber nachdachte, flehte ihr Herz sie an, ihn nicht abzuweisen.

Phoebes Blick veränderte sich von neugierig zu besorgt. „Alles in Ordnung?"

Roxanne zuckte mit den Schultern. „Es geht mir

gut. Es ist nur ... ich weiß nicht ... alles ist so plötzlich passiert. Von einem Tag auf den anderen taucht er hier auf und hat offenbar vor zu bleiben. Er hat gesagt, dass er mich vermisst und sich mit mir unterhalten möchte und jetzt fühle ich mich innerlich wie von Sinnen. Ich hätte gedacht ...“ Sie stockte, weil sie nicht wusste, wie sie ihre verworrenen Gefühle ausdrücken sollte.

Phoebe, die tagein, tagaus für sie da gewesen war, nachdem Max die Stadt verlassen hatte, ging zwei Schritte auf Roxanne zu und umarmte sie. Als sie zurücktrat, fuhr sie mit ihren Händen über Roxannes Arme und drückte sie ein wenig. „Du hast ihn so sehr geliebt. Es wäre immer seltsam gewesen, wenn er in all den Jahren wieder aufgetaucht wäre.“

Roxanne schluckte gegen die Enge in ihrer Kehle an und nickte. „Ja, es ist seltsam. Ich schätze, ich habe gedacht, er würde nie mehr zurückkommen, also habe ich nicht darüber nachgedacht, wie es sein könnte, wenn er doch wieder auftaucht. Ich wünschte, ich wüsste, was er eigentlich im Schilde führt.“

„Er hat gesagt, dass er dich vermisst? Wie lange war er denn hier?“

„Oh, vielleicht fünf Minuten. Er ist gestern Nachmittag in den Laden gekommen. Dann hat er mir eröffnet, dass er mit mir reden und mich zum Essen einladen möchte. Und ich habe auch noch zugesagt wie ein Idiotin.“ Roxanne zuckte bei dem Anflug von Bitterkeit in ihren Worten innerlich zusammen. Ihr junges, jugendliches Ich war in ihrem Herzen immer noch verletzt und sauer darüber, wie sich die Dinge zwischen ihnen entwickelt hatten, während ihr älteres, klügeres Ich gerne geglaubt hätte, dass sie das alles hinter sich gelassen hätte. Und dieser Anflug von Bitterkeit deutete darauf hin, dass das vielleicht doch nicht der Fall gewesen war.

Phoebes dunkler Blick schien nachdenklich. „Vielleicht ist es das Beste, einfach reinen Tisch zu machen. Und wenn er dir noch einmal wehtut, jagen wir ihn aus der Stadt."

Ein kleines Lachen ertönte. „Genau." Dann verblasste Roxannes Lächeln. „Es ist wahrscheinlich das Beste, reinen Tisch zu machen, aber das alles kommt so unerwartet. Und ich hasse es, wie ich mich dabei fühle."

„Ja, aber er ist nun mal hier, also musst du damit klarkommen." Phoebe hielt inne und sah Roxanne ein paar Sekunden lang an. „Was hast du vor, wenn er es noch mal versuchen möchte? Ich meine, er hat doch gesagt, dass er dich vermisst. Da er das gleich in den ersten paar Minuten gesagt hat, nehme ich an, dass er nicht nur nett sein wollte."

Da flammte eine Hoffnung in ihr auf, eine heiße Flamme, die sie nicht zu löschen vermochte. Doch hinter der Hoffnung loderte auch Ärger über sich selbst und über ihre offensichtliche Schwäche auf. Max war der einzige Mann, der diese Wirkung auf sie hatte, aber sie führte das auf ihre Jugend zurück. Sie waren siebzehn gewesen und bis über beide Ohren verliebt, so wie das wohl nur im Jugendalter vorkommt. Sie wusste nicht, ob das wilde Gefühlswirrwarr in ihrem Inneren nur das Echo dessen war, was einmal gewesen war, oder die aufgestaute Glut von etwas, das nie gestorben war.

Roxanne begegnete Phoebes besorgtem Blick und zuckte mit den Schultern. „Ich habe keine Ahnung. Ich hätte nie gedacht, dass ich ihn wiedersehen würde. Und ich hasse es, wie zerrissen ich innerlich bin. Er ist einfach aufgetaucht und ich bin völlig durcheinander!"

„Du bist nicht durcheinander, aber du bist es gewohnt, immer alles unter Kontrolle zu haben. Vielleicht klingt das komisch, aber ich würde vorschlagen, dass du mit ihm essen gehst und ihm deine Meinung sagst. Und wenn er wirklich dableibt, kannst du ihm entweder die ganze Zeit aus dem Weg gehen, oder du musst dich der Sache einfach stellen. Vielleicht wird ja gar nichts daraus, vielleicht aber doch. Abgesehen davon, wie es mit euch beiden zu Ende gegangen ist, war Max doch immer ein guter Kerl. Vielleicht kannst du nun endlich herausfinden, was zum Teufel passiert ist. Wann trefft ihr euch zum Essen?"

„Heute Abend."

„Mensch, der lässt aber auch nichts anbrennen, oder?"

Ein weiteres Lachen sprudelte hervor. Phoebes trockener Humor half, die aufgewühlte Enge in ihrem Inneren zu lindern. „Scheint so."

„Hey Roxanne, haben wir auch noch ein paar Kartons Mehl für draußen?" Dianes Frage ertönte durch den Gang, noch bevor sie ihren Kopf in den Lagerraum steckte. „Oh, hey!", rief sie mit einem Grinsen, als sie Phoebe sah.

„Zu diesem Teil der Lieferung bin ich noch nicht gekommen. Gib mir ein paar Minuten, einverstanden?", fragte Roxanne.

Diane nickte. „Alles klar. Ich hätte gedacht, wir haben noch mehr, aber heute Morgen ist eine Lehrerin aus der Grundschule vorbeigekommen und hat uns für ein Backprojekt leergeräumt." Draußen ertönte die Türklingel und sie drehte sich weg. „Gib mir einfach Bescheid", rief sie über ihre Schulter.

„Ich mache mich dann mal auf den Weg. Ruf mich an, wenn du heute Abend noch was brauchst", verkündete Phoebe, bevor sie zu Roxanne herantrat und sie nochmals kurz umarmte.

Nachdem Phoebe durch die Tür verschwunden

war, verharrte Roxanne noch einen Augenblick lang und betrachtete die Regale. Sie musste diesen Tag einfach nur überstehen und irgendwie das Abendessen hinter sich bringen. Dabei hoffte sie, dass ein wenig mehr Zeit mit Max ihr zeigen würde, dass ihre gestrigen Gefühle nur eine Überreaktion auf die Überraschung gewesen waren, ihn wiederzusehen. Sie war über ihn hinweg ... das musste sie einfach.

KAPITEL VIER

Max stand auf dem Bürgersteig neben dem Park und ließ seinen Blick über die Fußwege schweifen, die den Park durchkreuzten. Dabei fiel ihm Roxanne's Country Store auf der anderen Straßenseite ins Auge. Als der Tag langsam verstrichen war und seine Vorfreude auf ein Wiedersehen mit Roxanne immer größer geworden war, war ihm aufgefallen, dass er gar nicht daran gedacht hatte, sie zu fragen, wohin sie eigentlich zum Abendessen gehen wollte. Er hatte ihr zwar seine Nummer gegeben, aber ihre nicht bekommen, und so musste er jetzt all seinen Mut zusammennehmen, um sie wiederzusehen. Er kam sich ungeheuer albern vor. Sie übte eine so starke Wirkung auf ihn aus, dass er Angst hatte, irgendetwas zu tun, was sie dazu bringen könnte, sich zurückzuziehen. Ihre vorsichtige Reaktion auf ihn gestern ließ ihn innehalten. Er hoffte zwar, dass in ihrem Herzen immer noch eine Flamme für ihn loderte, aber das wusste er nicht wirklich. Der Kater in ihm knurrte innerlich und war genervt von der menschlichen Seite in ihm, die dazu neigte, über alles gründlich nachzudenken. Wenn es nach seinem Kater gegangen wäre, würde er jetzt in den Laden stürmen, sie sich über seine Schulter werfen und möglichst schnell einen Ort finden, an dem er sie wieder für sich erobern könnte.

Er schüttelte sich innerlich, überquerte die Straße und schob sich durch die Schwingtür in den Laden. Diane Franklin, an die er sich noch von den vielen Nachmittagen erinnerte, die er vor Jahren hier verbracht hatte, blickte von der Kasse auf. „Hallo, Max! Ich habe dich gestern zwar reinkommen sehen, aber ich war gerade zu beschäftigt. Wie geht es dir?", fragte Diane.

Max war so darauf eingestellt, Roxy zu sehen, dass ihn Dianes Frage völlig aus dem Konzept brachte. Er hielt inne und blickte in ihre Richtung. Was hatte sie gerade gesagt? Ach ja, sie hatte gefragt, wie es ihm ging. „Oh, mir geht es gut. Und dir?" Er zwang sich, höflich zu sein. Er durfte sie nicht links liegen lassen, nur, weil er Roxy sehen wollte. Gerade jetzt.

Diane lächelte, ihre braunen Augen strahlten warm. „Mir geht es großartig. Ich habe inzwischen zwei Enkelkinder. Du kannst dir sicher denken, dass es Gerüchte gibt, dass du für immer hierher zurückkommst. Ist das denn so?"

Er nickte. „Das habe ich zumindest vor. Ich habe Catamount über all die Jahre vermisst. Und nachdem meine Mom gestorben ist, hat mich nichts mehr in Virginia gehalten." Er schaffte es, einigermaßen höflich zu antworten, aber innerlich war er schon ganz angespannt. Roxy war hier irgendwo in der Nähe und jede Faser in ihm spürte das.

Diane nickte. „Es tut mir leid zu hören, dass deine Mutter gestorben ist. Ich bin sicher, du weißt, dass viele ihrer alten Freunde hier sie gerne wiedergesehen hätten."

„Das kann ich mir vorstellen. Äh, du weißt nicht zufällig, ob Roxanne heute Nachmittag hier ist?", platzte er dann plötzlich mit seiner Frage heraus, unfähig, sich zurückzuhalten.

Diane zog die Augenbrauen hoch und musterte ihn mit ihren Augen. „Sie ist hinten. Weiß sie denn, dass du vorbeikommst?"

Er schüttelte den Kopf und zwang sich, ruhig zu bleiben. Es war ja nicht so, dass er hier arbeitete. Er konnte nicht einfach nach hinten stürmen, nur, weil er Lust dazu hatte. Diane schwieg einen Augenblick, nachdem er den Kopf geschüttelt hatte, und betrachtete ihn nachdenklich. „Geh ruhig nach hinten, wenn du möchtest. Ich gebe ihr Bescheid, dass du auf dem Weg zu ihr bist." Dann deutete sie jenseits der Gänge auf eine Tür, von der Max wusste, dass sie in den Lagerbereich des Ladens führte. Er wartete nicht darauf, dass sie es sich anders überlegte, und machte sich schnell auf den Weg zur Tür.

Als er den hinteren Gang betrat, schossen ihm Erinnerungen durch den Kopf. Er kam an einer geschlossenen Tür vorbei, von der er wusste, dass sie zu einem kleinen Aufenthaltsraum führte, in den er und Roxy sich immer heimlich zurückgezogen hatten, um zu knutschen, wann immer sie konnten. Das war der einzige Raum im Erdgeschoss, der nicht vollständig in einen Arbeitsbereich für den Laden verwandelt worden war. Als er daran vorbeiging, hörte er Bewegungen in einem Raum, den er für den Lagerraum hielt. Er wandte sich um und sah, dass die Tür des Kühlraums geöffnet war. Ein Pager lag auf einem Tisch neben der Tür. „Hey Süße, Max Stone ist da und auf dem Weg zu dir." Dianes Stimme kam durch den kleinen Lautsprecher des Pagers.

Max warf einen Blick auf den Pager und dann auf

den mächtigen Kühlraum im hinteren Teil des Raumes. Gerade als er die Tür erreichte, aus der eisige Luft strömte, trat Roxy hindurch. Ihm verschlug es den Atem, sein Puls beschleunigte sich und das alte, vertraute Verlangen nach ihr stieg in ihm auf. Ihre blauen Augen weiteten sich, als sie ihn erblickten. Sie hielt inne, wo sie war. Einige Strähnen ihres blonden Haares hatten sich aus dem Knoten auf ihrem Kopf gelöst, den sie mit einem Stift befestigt hatte. Ihre Wangen waren rosig von der Kälte. Für einen Augenblick erstarrte alles. Dann konnte er sich nicht mehr zurückhalten, denn sein Herz klopfte heftig und schnell gegen seine Rippen und sein Verlangen, sie zu berühren, war so stark, dass er sich nicht zurückhalten konnte.

Er kam mit zwei langen Schritten auf sie zu. Ihr Kopf neigte sich nach hinten, und er hörte, wie sie scharf einatmete. Er wusste nur noch, dass er sie unbedingt berühren musste. Mit einer Hand strich er ihr eine Haarsträhne aus den Augen. „Roxy." Ihr Name klang ganz rau. Seine Hand bewegte sich wie von selbst, strich durch ihr Haar, sein Daumen fuhr an ihrem Kinn entlang und hinunter über die weiche Haut ihres Halses. Ihr Puls schlug wild, als seine Berührung über ihn hinwegfuhr. Er versuchte, sich zurückzuhalten, aber es war zu viel, sie so nah bei sich zu haben.

Also neigte er den Kopf und senkte seine Lippen auf die ihren, nur um diese Nähe zu genießen. Aber als sie gegen seinen Mund seufzte, war es um ihn geschehen. Er verschloss ihren Mund mit dem seinen und küsste sie mit seiner ganzen Leidenschaft. Wenn sie versucht hätte, ihn aufzuhalten, hätte er aufgehört, aber das tat sie nicht. Sie hielt einen Moment lang still, bevor sich ihre Lippen öffneten. Daraufhin tauchte er in die warme Süße ihres Mundes ein. Er hatte so lange in der Erinnerung an ihre Küsse gelebt, dass ihm fast die Knie schlotterten, als er feststellte, wie gut es sich anfühlte, sie tatsächlich zu berühren. Während er mit seiner Zunge in ihren Mund eindrang, trafen sich ihre und seine in einem sinnlichen Rausch. Dann rückte er näher und ließ seine Hand über ihren Rücken gleiten. Sobald er ihre üppigen Kurven an sich spürte, wurde seine Länge sofort hart. Er brauchte sie wie die Luft, die er atmete.

———

Roxanne stürzte in einen wahren Hexenkessel der Gefühle. Max' Kuss entflammte sie innerlich. Sein Kuss war besser als jeder andere, an den sie sich erinnerte. Seine Zunge wanderte kühn in ihren Mund, fuhr über ihre Lippen, knabberte und zerrte sanft an ihrer Unterlippe – und machte sie regelrecht wild vor Verlangen. Sie hatte nicht damit gerechnet, ihn gerade jetzt zu sehen, also hatte er sie überrumpelt und völlig wehrlos erwischt. Ein winziger Teil ihres Verstandes versuchte ihr einzureden, dass sie ihm widerstehen könnte, aber es fühlte sich so gut an, so gut, wieder in seinen Armen zu liegen, dass sie sich nicht dagegen wehren konnte.

Seine Lippen lösten sich von ihren und bahnten sich eine heiße Spur von Küssen entlang ihres Halses. Die eisige Luft aus der Tiefkühltruhe umwehte sie, ein Gegensatz zu dem Feuer, das zwischen ihnen loderte. Dann zog er sie an sich, umfasste ihren Po mit seiner Hand und zog sie gegen seine Erregung. Sie stöhnte und schob ihre Hüften unruhig hin und her. Sie war so feucht vor Verlangen und das Gefühl, seine harte Erektion zu spüren, brachte sie fast um den Verstand. Ihre Hände erkundeten seinen straffen Oberkörper, um sich mit jedem Zentimeter seines Körpers wieder vertraut zu machen.

Aus der Küche des Feinkostladens am Ende des Flurs ertönte ein Geräusch und dann öffnete sich in der Nähe eine Tür. Max' Zähne schlossen sich um ihr Ohrläppchen und jagten ein Kribbeln über ihre Haut, bevor er sich zurückzog. Sie wollte nicht, dass er aufhörte und versuchte, ihm noch näher zu kommen, obwohl sie bereits dicht an ihn geschmiegt war. Seine Hand wanderte langsam ihren Rücken hinauf und hielt schließlich in ihrem Nacken inne, wo sein Daumen sanft hin und her strich.

Ihr Atem ging schwer und dampfte in der frostigen Luft um sie herum. Langsam wurde ihr bewusst, wo sie waren und was da gerade geschehen war. Sie war zwischen zwei Gefühlen hin- und hergerissen – ein Teil von ihr wollte sich aus seiner Umarmung reißen und davonlaufen, während ein anderer Teil von ihr dortbleiben wollte, wo sie war, und sich nie wieder vom Fleck bewegen wollte. Es war so lange her, dass sie sich mit jemandem so *wohl* gefühlt hatte, seit er weg war. Langsam hob sie den Kopf – seine gelbbraunen Augen hielten sie fest. Ihr Bauch kribbelte und ihr Puls galoppierte wie wild.

Sie erschauderte in der eisigen Luft und nahm sich schließlich zusammen, um einen Schritt zurückzutreten. Es tat ihr fast körperlich weh, sich von ihm zu entfernen. Seine Arme lösten sich von ihr, als sie zurücktrat, aber seine Augen blieben an ihr haften.

„Nun, ich, ähm ..." Sie hielt inne und stieß einen Atemzug aus.

„Fünfzehn Jahre waren zu lang, um darauf zu warten, dich wieder zu küssen. Du hast mir so sehr gefehlt", stellte Max fest, seine Stimme war tief und fest.

„Ich habe dich auch vermisst." Ihre Worte sprudelten nur so aus ihr heraus, ohne dass sie das gewollt hätte. Dann schlug sie sich die Hand vor den Mund. Ihre Bestürzung musste sich in ihrem Gesicht gezeigt haben, denn Max schüttelte schnell den Kopf.

„Ich würde es dir nicht verübeln, wenn du mir nicht sagen würdest, dass du mich vermisst hast", sagte er.

Seine Bemerkung wühlte sie nur noch mehr auf, denn es war ganz typisch für ihn, dass er förmlich ihre Gedanken las. Früher hatte sie geliebt, wie gut er sie kannte. Im Augenblick fühlte sie sich allerdings viel zu ausgeliefert. Sie war innerlich wie erstarrt, gefangen in den heftigen Emotionen, die nur er hervorrufen konnte, und kämpfte gegen die Flut von Hoffnungen und Träumen an, die sie eigentlich begraben hatte, die aber nun mit einer Macht aufstiegen, die sie nicht ignorieren konnte. Sie schloss die Augen, um sich für einen Augenblick vor seinem Blick zu schützen. Nach ein paar tiefen Atemzügen öffnete sie sie wieder und griff nach hinten, um die Tür zum Kühlraum endgültig zu schließen.

„Ich wollte dich fragen, wo du heute Abend essen gehen möchtest. Diane hat mir gesagt, dass ich dich hier finden würde", erzählte Max und beobachtete sie aufmerksam.

„Oh. Richtig. Da haben wir uns wohl noch nicht geeinigt. Ähm, wie wäre es mit dem Trailhead?"

„Großartig. Wie wäre es, wenn ich dich hier abhole und wir zu Fuß dorthin gehen?"

Noch bevor sie einen Gedanken fassen konnte, nickte sie. Max' Lächeln blitzte auf und ihr Herz krampfte sich zusammen, weil sie so bewegt war. Als sie noch jung gewesen waren, war Max eher ruhig und bedrückt gewesen. Es war nicht oft vorgekommen, dass er ihr dieses unschuldige Lächeln geschenkt hatte. Und wie sehr hatte sie das vermisst! Noch bevor sie es verhindern konnte, breitete sich auch ihr eigenes Lächeln aus. Als ihr bewusst wurde, dass sie dastand und wie eine dumme Gans vor sich hingrinste, schüttelte sie heftig den Kopf. Er schien ihren unvermittelten Rückzug zu bemerken und beugte sich vor, um ihr einen schnellen Kuss auf die Wange zu geben. „Also gut, dann lass ich dich jetzt in Ruhe. Ich komme gegen sechs vorbei."

Mit diesen Worten wirbelte er herum und verließ mit schnellen Schritten den Lagerraum. Ihre Augen verfolgten ihn gierig, genossen den lässigen Schwung seiner Arme, seinen selbstbewussten Schritt und die Kraft, die er ausstrahlte. Als er um die Ecke bog, machte sie ein paar Schritte und lehnte sich gegen den Tisch in der Mitte des Raumes. Ihr Körper hallte noch immer von seinem Kuss wider. Sie war heiß, aufgewühlt und klatschnass vor Verlangen. Sie schnappte nach Luft und starrte zu Boden. *Scheiße, Scheiße, Scheiße. Warum habe ich mich bloß so von ihm küssen lassen? Ich kann ihm doch nicht einfach wie eine Idiotin zu Füßen fallen. Aber du wolltest ihn doch küssen. Gib's schon zu, das war ein tolles Gefühl.*

Sie kniff die Augen zusammen und holte tief Luft, um ihren rasenden Puls zu verlangsamen und die süße Leidenschaft zu besänftigen, die er in ihr ausgelöst hatte. Er hatte schon immer die seltsame Fähigkeit gehabt, sie ihren Hang zu Zurückhaltung und Sarkasmus ablegen zu lassen. Sie liebte ihre Freundinnen und ihre Familie von ganzem Herzen, aber wenn es um Männer ging, hatte sie schon immer eine leicht zynische Einstellung. Diese ganzen Shifterfantasien über Gefährten, die füreinander bestimmt sind, waren ihr schon lange bevor Max ihr das Herz gebrochen hatte, zu albern vorgekommen. Dann war er abgehauen und hatte sie zurückgelassen, und ihr Herz war schwer angeschlagen, weil sie so dämlich gewesen war, ihm gegenüber unvorsichtig zu sein.

Doch als er heute hier aufgekreuzt war und sie geküsst hatte, hatte ihr dummes Herz all das vergessen. Wieder einmal sehnte sie sich nach ihm und die Sehnsucht nach ihm brach in Wellen über sie herein. Sie öffnete ihre Augen und seufzte. Was auch immer zwischen ihr und Max geschehen war, sie musste trotzdem noch die Regale auffüllen.

KAPITEL FÜNF

Da er noch ein paar Stunden Zeit hatte, bevor er Roxy wiedersehen konnte, lief Max die Main Street entlang zur Polizeistation. Er wollte auf Hanks Angebot zurückkommen, ein paar Jugendliche zusammenzutrommeln, die ihm beim Aufräumen des Grundstücks helfen sollten. Außerdem wollte er herausfinden, was Hank über den Unfall, der zum Tod seines Vaters geführt hatte, wohl zu erzählen hatte. Das Polizeirevier war immer noch in demselben prächtigen Backsteingebäude untergebracht, in dem es schon vor Jahren gewesen war. Er stieg die Granitstufen hinauf und trat durch die schweren Holztüren ein, wo er sich kurz umsah. Im Wartebereich war es ruhig, die Empfangsdame telefonierte und tippte auf ihrer Tastatur herum. Er wollte gerade auf den Schalter zugehen, als sich eine Tür an der Seite öffnete und Hank herauskam.

„Ich habe doch gewusst, dass ich dich die Treppe hochgehen gesehen habe", sagte Hank mit einem breiten Lächeln. Dann trat er an Max' Seite und klopfte ihm auf die Schulter. „Hast du schon Gelegenheit gehabt, bei deinem Elternhaus vorbeizuschauen?"

„Oh, ja. Ich war gestern dort. Auch deshalb bin ich vorbeigekommen. Ich hoffe, du hast das ernst gemeint, als du gesagt hast, du könntest ein paar Kids zusammentrommeln, die beim Aufräumen des Grundstücks helfen."

Hank lachte und seine braunen Augen funkelten in seinem wettergegerbten Gesicht. „Aber natürlich. Komm doch mal mit nach hinten", verkündete er, öffnete die Tür neben sich und winkte Max hindurch. Hank schritt an ihm vorbei in den Flur und bog in ein Büro ein. „Möchtest du einen Kaffee?", fragte er und deutete auf eine Kaffeekanne, die auf einem kleinen Tisch neben der Eingangstür stand.

Max schüttelte zunächst den Kopf und nickte dann. „Klar. Ich wollte vorhin eigentlich einen Kaffee bei Roxanne besorgen, aber dann habe ich das glatt vergessen."

Hank wölbte eine Augenbraue und goss den Kaffee in zwei Pappbecher, von denen er Max einen reichte, bevor er sich an den kleinen runden Tisch setzte und Max bedeutete, ihm Gesellschaft zu leisten. Obwohl Hank in den Jahren, in denen Max weg gewesen war, gealtert war, strahlte er immer noch dieses einzigartige Gefühl von Stärke und Macht aus, wie alle Shifter. Sein braunes Haar war grau meliert und seine Augen waren so aufmerksam wie immer. „Ich weiß nicht, wie irgendjemand außer dir bei Roxanne vorbeischauen und vergessen kann, sich einen Kaffee zu besorgen. Offensichtlich brennt die alte Flamme zwischen euch beiden heiß und innig. Mach dich darauf gefasst, dass Gerüchte aufkommen. Catamount ist zwar größer geworden, seit du weg bist, aber manche Dinge ändern sich nie, vor allem, wenn es um Klatsch und Tratsch geht."

Max nahm einen Schluck Kaffee und warf Hank einen Blick zu. „Damit komme ich schon klar. Ich hoffe nur, dass Roxy mir eine Chance gibt."

Hank nickte langsam. „Ich kenne Roxanne, seit sie ein Baby war. Sie hatte schon immer eine gewisse Hartnäckigkeit, aber sie hat auch ein Herz aus Gold. Ich weiß zwar nicht genau, was sie für dich empfindet, aber ich weiß, was ich gesehen habe. Hab einfach Geduld."

Max unterdrückte einen Seufzer. Er wusste zwar, dass er sich gedulden musste, aber Roxy nach so vielen Jahren auf Distanz so nah bei sich zu haben, machte ihm schwer zu schaffen. „Das habe ich mir schon gedacht. Aber egal, zurück zum Haus. Wenn du das wirklich ernst gemeint hast, könnte ich Hilfe beim Ausmisten des Grundstücks gebrauchen. Das Innere des Hauses ist eigentlich in Schuss, nur verdammt angestaubt. Ich komme für alle Kosten auf, wenn du jemanden auftreiben kannst."

„Geht klar. Gib mir ein paar Tage Zeit. Sobald ich Gail Bescheid sage, verbreitet sie die Nachricht. Hast du denn vor, dort wieder einzuziehen?"

„So sieht's aus."

Hank nahm einen Schluck Kaffee und musterte ihn. „Ich habe gehört, dass du einen Job als Staatsanwalt angenommen hast. Stimmt das?"

„Ja. Ich wäre auf jeden Fall zurückgekommen, aber als ich gesehen habe, dass die Stelle frei ist, habe ich mich beworben. Aber ich fange erst nach den Feiertagen an. Ich nehme an, ich werde dich dann öfter sehen."

Hank grinste. „Ganz bestimmt." Er hielt inne und sein Blick wurde ernst. „Deine Mutter hat mich auf

den Unfall deines Vaters angesprochen, ein Jahr bevor
sie gestorben ist. Sie hat auch erwähnt, dass sie sich
mit dir darüber unterhalten hat.“

Max’ Kehle schnürte sich zu, und er nahm einen
Schluck Kaffee. „Das stimmt. Ich hatte gehofft, mit
dir darüber sprechen zu können.“

„Wir können über alles sprechen, was dir auf dem
Herzen liegt. Das Problem ist allerdings, dass die
ganze Sache nun schon fünfzehn Jahre her ist, seit dein
Vater bei dem Unfall ums Leben kam. Ich wünschte,
deine Mutter hätte mich schon früher angerufen, weil
die Spuren mittlerweile ziemlich verwischt sind. Aber
es gibt da etwas, das uns weiterhelfen könnte“, meinte
Hank.

„Und das wäre?“

„Hast du die Nachrichten über die Gegend
verfolgt?“

„Ein bisschen.“

„Sind dir dabei die ganzen Geschichten über den
Schmugglerring hier und im Westen unter-
gekommen?“

Max nickte, seine Neugierde war geweckt. Er hatte
die Geschichten über den Schmugglerring mitbekommen, der hier und in einigen anderen Shifterge-
meinden im Westen zerschlagen worden war. Er hatte
schon geahnt, dass Shifter etwas damit zu tun haben
mussten, da mehrere der Peytons in kurzer Folge
verhaftet worden waren. Wallace Peyton war der
Mann, von dem seine Mutter angenommen hatte, dass
er hinter dem Tod seines Vaters gesteckt hatte. Die
Familie Peyton war eine der vier Gründerfamilien der
Shifter aus vergangenen Jahrhunderten. Sie waren
einst in der Gemeinde so angesehen gewesen, dass
seine Mutter sich nicht getraut hatte, über den Tod
seines Vaters zu sprechen und stattdessen den einzigen

Ort, den sie je als Heimat gekannt hatten, fluchtartig verlassen hatte.

Max fing Hanks Blick auf. „Ich habe die Nachrichten gesehen und gehört, dass Wallace und Randall verhaftet worden sind, aber ich weiß nicht, was das mit der ganzen Sache zu tun hat.“

„Nur, dass sie eingesperrt sind und wir vielleicht einen von ihnen zum Reden bringen können. Du bist Staatsanwalt, du kennst solche Deals. Sie können alle möglichen Vereinbarungen treffen, um ihre Strafe bei guter Führung zu mildern. Dazu gehört auch, dass sie bei anderen Ermittlungen mitwirken. Ganz zu schweigen davon, dass Brad Peyton es geschafft hat, seine Weste gerade so sauber zu halten, dass er vorzeitig entlassen worden ist. Von allen war er der einzige Peyton, der sich schuldig gefühlt hat für das, was seine Familie den Shiftern angetan hat. Ihm traue ich. Die Ermittlungen sind offiziell immer noch nicht abgeschlossen und das wird wohl auch noch eine Weile so bleiben. Sobald sich herausgestellt hat, dass die Verbrechen jenseits der Staatsgrenzen begangen worden sind, hat sich das FBI eingeschaltet.“

„Ja, aber Wallace wird wohl kaum zugeben, dass er am Tod meines Vaters beteiligt war, und was wissen seine Söhne schon davon?“, fragte Max.

Hank zuckte mit den Schultern. „Vielleicht gesteht Wallace nicht, aber er steht ohnehin schon mit dem Rücken zur Wand. Ich schätze, wir könnten ein wenig an seinem Käfig rütteln. Du würdest dich wundern, was Randall und Brad wissen könnten. Wie wär's, wenn du mir mal alles erzählst, was du weißt, und ich höre mich mal um?“

„Ich wünschte, ich wüsste mehr. Ich weiß nur, dass meine Mutter erzählt hat, dass mein Dad mitbekommen hat, dass Wallace Gewinne in der Fabrik veruntreut hat. Und als er sich überlegt hat, wem er davon am besten berichten sollte, ist er gestorben. Am selben Tag, an dem er ums Leben gekommen war, hat sie einen Anruf von Wallace erhalten, der ihr sein Beileid für meinen Vater ausgesprochen hat. Sie hat sich sehr gewundert, dass er angerufen hat, bevor irgendjemand anderes davon gewusst hat, dass mein Vater gestorben war, einschließlich sie selbst. Später hat sie dann herausgefunden, dass er tatsächlich angerufen hatte, bevor mein Dad gestorben ist. Der einzige Grund, warum sie dich nicht früher verständigt hat, war, dass es fünf Jahre gedauert hat, bis sie den offiziellen Autopsiebericht bekommen hat. Da ist ihr klargeworden, dass der Anruf von Wallace kurz vor dem Unfall meines Vaters kam. Mehr weiß ich auch nicht."

Hank zog seine Augenbrauen hoch. „Kein Wunder, dass sie misstrauisch geworden ist. Nun, ich gehe der Sache auf den Grund. Aber hab etwas Geduld. Ich möchte nicht so viel Staub aufwirbeln, dass die Leute den Mund halten. Ich vermute, wenn dein Vater wegen Wallaces Schwarzhandel misstrauisch war, war er wahrscheinlich nicht der Einzige. Gib mir etwas Zeit, und ich werde sehen, was ich erreichen kann."

Max holte tief Luft und seufzte. „Nun, es sind fünfzehn Jahre vergangen. Ich kann also warten. Bis vor einem Jahr habe ich von all dem ja noch gar nichts gewusst. Da ist mir dann endlich klargeworden, warum meine Mom so wild entschlossen war, sofort die Stadt zu verlassen." Er nahm einen weiteren Schluck Kaffee, leerte den kleinen Becher und lehnte sich in seinem Stuhl zurück. „Ich bin nur froh, dass du nach all der Zeit bereit bist, einen Blick darauf zu werfen."

„Das steht außer Frage. Deine Familie hat dieser Gemeinde viel bedeutet. Wenn Wallace hinter den

Vorfällen steckt, will ich das wissen. Glaub bloß nicht, dass die Peytons hier noch das sind, was sie einmal waren. Mit ihrem Komplott, Shifter für den Drogenschmuggel zu missbrauchen, haben sie alle Shifter in Gefahr gebracht. Mittlerweile werden sie hier fast gemieden“, erklärte Hank.

„In den Nachrichten ist nichts von Shiftern erwähnt worden. Ich habe bloß angenommen, dass Wallace nach einer weiteren Möglichkeit gesucht hat, Geld zu verdienen.“

Hank verdrehte die Augen. „Natürlich ist in den Nachrichten nichts von Shiftern zu hören gewesen. Wir sind schließlich nicht die einzige Polizeibehörde, die weiß, wie wir unsere eigenen Leute schützen. Diese Einzelheit war für niemanden außer den Shiftern von Bedeutung. Aber ja, das ist der Grund, warum die meisten Shifter in Catamount die einst so mächtigen Peytons verachten. Wallace hat Shifter an den Höchstbietenden verhökert. Er hat einen Draht zu ein paar Typen im Westen, die uns alle nur zu gern in Gefahr bringen würden.“ Hank hielt inne und schüttelte heftig den Kopf, während seine Augen verbittert aufblitzten. „Der Mann macht mich ganz krank, aber schon gut. Wir haben den Ring zerschlagen. Das Traurige ist, dass es immer noch nicht so ist, wie es einmal war. Es gibt wahrscheinlich ein paar Shifter, die darin verwickelt waren und irgendwie unentdeckt geblieben sind.“ Hank zuckte mit den Schultern. „Wir können nur hoffen, dass sie jetzt ihre Lektion gelernt haben.“

Max lehnte sich in seinem Stuhl zurück, und ein Schreck durchfuhr ihn. „Verdammt. Ich habe ja gewusst, dass Wallace ein Arschloch ist, aber ich hätte nie gedacht, dass er die Shifter so in Gefahr bringt.“

„Ich wünschte, ich könnte sagen, dass ich überrascht war, aber Wallace war immer hinter zwei

Dingen her: Macht und Geld. Ohne seine Familiengeschichte wäre er wahrscheinlich nie dorthin gekommen, wo er jetzt ist. So ein überhebliches Arschloch", stellte Hank mit einem Kopfschütteln fest. „Wie auch immer, genug davon. Ich nehme mir gleich die alten Akten vor. Du kannst jederzeit vorbeikommen. Und bei Roxanne wirst du mich auch oft antreffen."

Max nickte. „Nochmals danke." Er stand von seinem Stuhl auf und Hank erhob sich zur gleichen Zeit. Als er die Tür zum Revier erreichte, warf er einen Blick auf Hank, der ihm schweigend gefolgt war. Einen Augenblick lang stieg Zorn in ihm auf. Wenn Wallace Peyton beim Tod seines Vaters irgendwie die Finger im Spiel hatte, musste Max die Wahrheit erfahren. Er sah Hank in die Augen. „Bevor ich gehe, hier ist meine Nummer. Melde dich, wenn du Hilfe für meine Aufräumaktion findest." Max sagte schnell seine Nummer auf.

„Oh, das wird bestimmt nicht schwierig. Wenn du bezahlst, gibt es jede Menge Kids, die dir sicher liebend gerne aushelfen", schmunzelte Hank, als er Max' Nummer in sein Handy eingab.

Max winkte und machte sich auf den Weg. Auf dem Bürgersteig hielt er inne und schaute die vertraute Straße auf und ab. Es war seltsam, nach Catamount zurückzukehren. Dieser Ort war der einzige, an dem er sich jemals wie zu Hause gefühlt hatte, und doch war es so eigenartig, nach so vielen Jahren, in denen er nichts als Erinnerungen gehabt hatte, tatsächlich wieder hier zu sein. Sein Blick wanderte über das Dach von Roxanne's Country Store, das einige Blocks von hier entfernt lag. Der Ort war noch derselbe Magnet, der er einst gewesen war – und das nur, weil die Frau, die sein Herz in ihren Händen hielt, dort war.

———

Roxanne stand in ihrem Badezimmer und betrachtete sich im Spiegel. In den letzten Jahren hatte sie nicht besonders auf ihr Erscheinungsbild geachtet. Aber jetzt, wo sie mit Max zum Abendessen verabredet war, war es plötzlich wichtig, wie sie aussah. Ihr blondes Haar war fast immer zu einem Knoten zusammengebunden, den sie mit einem Stift festhielt, den sie zufällig zur Hand hatte, wenn sie ihn brauchte. In ihrem geschäftigen Leben musste sie sich die Haare aus den Augen halten. Sie hob eine Hand und zog den Bleistift heraus. Ihr langes, blondes Haar fiel ihr in lockeren Wellen um die Schultern. Dann schnappte sie sich eine Bürste und fuhr damit durch ihr Haar. Sie wandte sich vom Spiegel ab, schritt in ihr Schlafzimmer und warf einen Blick in den Kleiderschrank. Sie hatte absolut keine Ahnung, was sie anziehen sollte, obwohl sie sich wahrscheinlich aufraffen sollte, das anzuziehen, was sie normalerweise zu einem Abendessen im Trailhead Café anziehen würde. Das Trailhead ließ sich am besten mit „Dinner Casual" beschreiben. Es verdankt seinen Namen der Lage von Catamount in der Nähe des Appalachian Trail, dem langen, gewundenen Weg durch die Appalachen, der von Georgia nach Maine führt. Vom frühen Frühling bis zum Spätherbst durchquerten Wanderer auf ihrem ganz eigenen Abenteuer, den Trail zu vollenden, Catamount. Roxanne hat dort oft mit Freunden gegessen, weil es ein Fixpunkt in der Stadt war und man dort verlässlich immer lecker essen konnte. Sie konnte sich nicht erinnern, dass sie jemals darüber nachgedacht hatte, was sie dorthin anziehen sollte.

Sie drehte sich von ihrem Kleiderschrank weg und setzte sich mit einem Seufzer auf ihr Bett. Dann sah sie sich im Zimmer um und fragte sich, was es wohl bedeutete, dass sie immer noch in ihrem Elternhaus wohnte. Außer mit Max hatte sie nie eine ernsthafte Beziehung geführt, um ein anderes Leben in Betracht zu ziehen. Sie führte den alten Laden ihrer Familie liebend gern und fühlte sich in Catamount wohl. Als Shifterin musste sie stets ein gewisses Risiko eingehen. Der Aufenthalt in der ältesten bekannten Shiftergemeinde bot ihr die Möglichkeit, so zu leben, wie sie war, ohne allzu große Angst zu haben. Und doch lebte sie hier in demselben Haus, in dem sie geboren worden war. Das Obergeschoss des Ladens glich den vielen Häusern im Kolonialstil, die in ganz Neuengland verstreut sind. Hohe Decken und Fenster, glänzende Hartholzböden und großzügige Räume prägten das Haus. Nach dem Tod ihrer Eltern war sie schließlich in das große Schlafzimmer gezogen, vor allem, weil ihr das gewaltige Badezimmer mit der beeindruckenden alten Badewanne mit den Klauenfüßen so gut gefiel.

Sie holte tief Luft und stand auf. Verdammt, sie würde sich keine Gedanken darüber machen, was sie anziehen sollte. Sie würde sich einfach wie immer kleiden. Einen Augenblick später lief sie die Treppe hinunter. Sie schlängelte sich durch den Mittelgang, warf Diane im Vorbeigehen ein Grinsen zu und schob sich dann durch die Eingangstür. Das Glöckchen läutete leise hinter ihr, als sie aufblickte und Max sah, der gerade die Straße überquerte. Die untergehende Sonne schimmerte auf seinem mahagonifarbenen Haar. Sein Blick traf den ihren auf der anderen Straßenseite. Ihr stockte der Atem. Es fühlte sich ganz so an, als ob eine Flamme zwischen ihnen aufloderte und durch die Luft tanzte.

KAPITEL SECHS

Max sah über den Tisch hinweg zu Roxy. Sie hob ihren Blick und begegnete seinem, ihre blauen Augen leuchteten im sanften Licht. Er sehnte sich danach, wie es einst zwischen ihnen gewesen war – so unbeschwert und behaglich, mit dem allgegenwärtigen Hauch von Begierde, der sie umgab. Dieses Verlangen war noch immer so stark wie eh und je, doch sie hielt sich zurück. Er hatte gehofft, dass ihre Vorbehalte nach dem unerwarteten Kuss neulich vielleicht nachgelassen hätten. Stattdessen spürte er, dass sie sich gegen den Kuss wehrte. Er nahm wahr, wie verschlossen sie war, und das gefiel ihm ganz und gar nicht. Sie hatten es geschafft, den Weg vom Laden bis hierher mit ein paar oberflächlichen Gesprächen zu überstehen. Die Kellnerin hatte ihre Bestellung aufgenommen und eine Flasche Wein serviert. Er überlegte, wie nun schnell er auf den Punkt kommen sollte. Der Löwe in ihm sträubte sich fast gegen seine Selbstbeherrschung.

„Roxy, gibst du mir die Gelegenheit, dir alles zu erklären?", fragte er unvermittelt.

Sie betrachtete ihn einen langen Augenblick lang, bevor sie einen Schluck Wein nahm. Mit einer Handbewegung strich sie ihr zerzaustes blondes Haar hinter die Schulter, bevor sie nickte. Ihre Augen waren klar und es lag ein Hauch von Herausforderung in ihnen.

„Es ist nicht so, dass ich eine großartige Rechtfertigung hätte, aber ich war an dem Tag, als mein Dad gestorben ist, einfach wie betäubt und habe nicht mehr klar denken können. Als ich nach Hause gekommen bin, hat meine Mom schon die Sachen zusammengepackt. Als Nächstes sind wir nach Virginia gefahren, um bei meiner Tante zu wohnen. Meine Mom hat mir dann mitgeteilt, dass wir nicht mehr nach Catamount zurückkehren würden. Damals hatte ich noch keine Ahnung, warum, aber sie hatte auch Bedenken, mit irgendjemandem in Kontakt zu bleiben. Ich habe damals keinen klaren Gedanken fassen können und als ich dich angerufen habe, habe ich wirklich gedacht, dass ich dich nie wieder sehen würde." Er hielt inne und kämpfte gegen das Engegefühl in seiner Brust und seinem Hals an. Es tat weh, daran zu denken, wie unwirklich die ersten paar Wochen nach dem Tod seines Vaters gewesen waren.

Sein Blick fiel auf Roxy, in deren Augen Tränen schimmerten, aber sie sah nicht weg, sondern betrachtete ihn lediglich. Also holte er tief Luft und machte weiter. Er hatte sich geschworen, ihr die Wahrheit zu sagen, damit sie genau wusste, woran sie war. „Ich habe nie aufgehört, dich zu lieben, und ich habe dich jeden Tag vermisst, seit wir fortgegangen sind. Als ich wieder halbwegs klar denken konnte, habe ich versucht, dich anzurufen, aber deine Mom war stinksauer auf mich. Was ich damals nicht verstanden habe, war, warum meine Mom so sehr darauf gedrängt hatte, dass wir abhauen sollten. Ich kenne nicht alle Einzelheiten, weil sie selbst keine Ahnung hatte, aber sie war der Meinung, dass Wallace Peyton meinen Vater umbringen hat lassen. Ich weiß nicht wie, aber mein Dad hat vermutet, dass Wallace die Fabrik, in der mein Dad gearbeitet hatte, bestohlen hat. Damals hat Wallace Peyton die Stadt so ziemlich im Griff gehabt. Ich habe heute mit Hank gesprochen und ...“

Roxy stellte ihr Weinglas mit einem dumpfen Geräusch ab und unterbrach seine Worte mit großen Augen und offenem Mund. „Ist das dein Ernst?“

„Tja, schon. Darum ist meine Mom auch abgehauen und wollte uns unbedingt von Catamount fernhalten. Ich habe bis etwa ein Jahr vor ihrem Tod nicht geahnt, warum. Aber da war es wohl schon zu spät, alles zu erklären.“ Er hielt inne und hielt ihren Blick fest. „Ich habe dich nie vergessen. Ich bin zurückgekommen, weil ich eine zweite Chance haben wollte. Ich hoffe nur, dass du mir die auch gibst.“

Roxy löste ihren Blick von ihm, schaute auf den Tisch und fuhr mit der Fingerspitze im Kreis um den Boden ihres Weinglases. Sie hatte so lange geschwiegen, dass Max befürchtete, er wäre zu weit gegangen. „Das mit deinem Dad tut mir so leid“, sagte sie leise. „Du hast ihm doch immer so nahegestanden.“

Max vermisste seinen Vater immer noch, aber er hatte sich mit dem Verlust abgefunden, so gut er konnte. „Das stimmt. Ich vermisse ihn zwar immer noch, aber heute komme ich damit klar. Ich habe Hank gebeten, eine Untersuchung zu seinem Tod einzuleiten und er hat eingewilligt. Er glaubt, dass wir bei all dem, was bei den Peytons vorgefallen ist, eine Möglichkeit haben, damit etwas zu erreichen.“

Sie sah ihm immer noch nicht in die Augen und ließ ihren Finger langsam um das Weinglas kreisen.

„Ich weiß nicht genau, wie ich damit umgehen soll, dass du hier so auftauchst", gab sie schließlich zu.

Max überlegte angestrengt, was er sagen sollte, um sie davon zu überzeugen, dass er wusste, dass sie füreinander bestimmt waren und dass ihn niemand so sehr anzog wie sie. „Roxy", begann er, und seine Stimme war von seinen Gefühlen aufgewühlt.

Ihre Schultern hoben und senkten sich mit einem Atemzug, bevor sie ihren Blick zu ihm hob. Der Schmerz, den er in den Tiefen ihrer Augen wahrnahm, durchfuhr ihn zutiefst. Er mochte alle möglichen Gründe dafür gehabt haben, warum er damals nicht vernünftig genug gewesen war, die Dinge anders zu handhaben, aber das änderte nichts daran, wie sehr er sie verletzt hatte. Und das brachte ihn innerlich fast um. Er hatte die Person verletzt, die ihm mehr bedeutete als irgendjemand sonst. Sie schwieg, ihre Augen musterten sein Gesicht. Dann blinzelte sie, was seine Aufmerksamkeit auf den Schimmer von Tränen lenkte. Er griff nach ihrer Hand und hielt sie fest.

„Ich habe es vermasselt. Und zwar gewaltig. Auch wenn ich jung war und nach dem Tod meines Dads nicht wirklich klar denken konnte, hätte ich mich früher bei dir melden müssen. Ich habe einfach unter Schock gestanden. Als ich noch nicht so weit war, hat meine Mom mich dazu gedrängt, mit niemandem in Catamount Kontakt aufzunehmen. Aber das ändert nichts an der Tatsache, dass ich dich verletzt habe. Wir hatten so verdammt viel Glück, dass wir uns gefunden haben, als wir noch so jung waren, und ich habe dich tief enttäuscht. Das tut mir so verdammt leid."

Er drückte ihre Hand und spürte einen sanften Gegendruck von ihr, der Hoffnung in ihm aufkeimen ließ. Er klammerte sich an die Zuversicht, dass sie einen Weg finden würden, die Kluft zu überwinden, die sein unerwarteter Aufbruch, die Zeit und die Entfernung hinterlassen hatten. Er hörte, wie sie langsam ausatmete, als sie ihr Kinn anhob und einen Hauch von Stärke zeigte. „Es war schrecklich, als du gegangen bist, aber das Schlimmste war, dass ich mir solche Sorgen um dich gemacht habe, ohne dass ich überhaupt mit dir reden konnte." Eine Träne kullerte über ihre Wange und sie wischte sie schnell beiseite, nachdem sie ihre Hand aus seiner befreit hatte. „Ich hatte keine Ahnung, was mit Wallace und deinem Dad passiert ist. Ich wünschte, ich hätte davon gewusst, denn es ist ja nur allzu verständlich, warum deine Mom nicht hier sein wollte." Sie hielt inne und schüttelte heftig den Kopf. „Aber das ist eine ganz andere Sache. Was uns betrifft ... ich brauche einfach etwas Zeit. Ich kann nicht sagen, wie ich mich im Augenblick wirklich fühle. Es ist alles zu viel."

Er zwang sich durchzuatmen. Er hatte sich wahrscheinlich schon tausendmal vor Augen geführt, dass er keine Ahnung hatte, ob er jemals wieder eine Chance bei Roxanne haben würde. Das Wunder, dass sie zumindest nicht unerreichbar für ihn war, musste ihm genügen. „Verstehe."

Sie nickte langsam. „Gut." Nach einem ruhigen Augenblick nickte sie. „Wie wäre es, wenn wir versuchen, uns heute mal ganz normal zu verhalten? Du weißt schon, zusammen zu Abend essen, uns zu unterhalten und so weiter." Ein schiefes Lächeln hob einen ihrer Mundwinkel an, und sein Herz machte einen heftigen Schlag.

„Normal klingt gut."

Wie gerufen kam die Kellnerin, um ihr Essen zu bringen. Max grinste, als Roxanne sich sofort auf ihr Essen stürzte. Sie liebte es zu kochen und sie liebte es zu essen. Das verhieß für ihn jede Menge leckerer Gerichte, wenn sie zusammen waren. Schon mit siebzehn Jahren war sie auf dem besten Weg gewesen, eine hervorragende Köchin zu werden. Im Trailhead Café gab es sowohl einfache als auch ausgefallene Gerichte. Roxanne hatte sich für ein cremiges Fettuccinigericht mit geräuchertem Lachs entschieden, während er sich einen Burger ausgesucht hatte.

Als sie mit dem Essen begannen, ließen die Spannungen aus ihrem ernsten Gespräch nach und Max schaffte es, die Unterhaltung in zwanglosere Bahnen zu lenken. „Wie lange führst du den Laden schon alleine?"

„Offiziell seit etwa fünf Jahren. Mein Dad ist an den Folgen einer Lungenentzündung gestorben. Meine Mom hatte ein Jahr zuvor einen Schlaganfall, also war sie damals schon in einem Pflegeheim."

„Es tut mir leid, das zu hören. Ich bin sicher, du vermisst die beiden", schaltete sich Max schnell ein. Roxannes Familie hatte einander sehr nahgestanden, deshalb wusste er, dass es für sie schwer gewesen sein musste, als sie starben.

Sie sah ihm kurz in die Augen, bevor sie nickte und ihre Gabel in die Fettuccine versenkte. „Danke. Schon gut. So vergeht die Zeit eben. Ich war nur froh, dass meine Mom nicht zu lange im Pflegeheim verbracht hat. Das hätte ihr überhaupt nicht gepasst. Sie ist sechs Monate nach ihm gestorben. Dann war ich ganz allein. Genau genommen bin ich zwar die Chefin, aber Diane kümmert sich um den Laden, so wie früher, und ich habe jede Menge Hilfe. Aber du weißt ja ohnehin, was ich mache. Was ist mit dir?", fragte sie mit einem leichten Lächeln.

„Ich bin Anwalt. Ich war Staatsanwalt in Virginia und habe einen Job hier im Bezirk angenommen. Nach den Feiertagen fange ich an. Ich wollte schon immer zurückkommen, aber ich war mir über den Zeitpunkt nie sicher, weil ich meine Mutter nicht allein lassen wollte. Nach ihrem Tod habe ich angefangen, ihr Haus dort unten zu verkaufen und mich auf den Umzug vorzubereiten. Dann ist hier die Stelle des Staatsanwalts frei geworden und ich habe die Chance ergriffen. Ich wäre auch ohne Job zurückgekommen, aber es hat den Umzug vereinfacht, weil ich gewusst habe, dass ich einen Job in Aussicht hatte.“

Roxanne nahm einen Schluck Wein, bevor sie zu ihm hinübersah und ein Lächeln aufsetzte. „Das ist doch der ideale Job für dich! Du hast es immer geliebt, dafür zu sorgen, dass alles gerecht zugeht, und du hast immer deine Nase in irgendwelche Sachen hineingesteckt.“

Sein Lächeln breitete sich aus. Er war über alle Maßen erfreut, dass Roxanne sich solche Gedanken machte, weil ihm das bewies, dass sie sich an ihn erinnerte und ihn in seinem Innersten kannte. Sie saßen noch einige Augenblicke lang so da und grinsten sich über den Tisch hinweg an, bevor die Kellnerin kam.

„Na, wie sieht’s aus? Braucht ihr noch was?“, fragte die Kellnerin. Sie hielt inne und schaute mit ihren dunklen Augen prüfend zwischen ihnen hin und her. „Also stimmen die Gerüchte“, stellte sie fest.

Roxanne blickte zu ihr auf. „Was meinst du?“

Die Kellnerin zuckte mit den Schultern, wobei ihr dunkler Pferdeschwanz ein wenig mitschwang. „Du bist doch Max Stone, nicht wahr?“, fragte sie.

Als er nickte, fuhr sie fort. „Alle sagen, dass ihr beide früher total verliebt wart. Du weißt ja, wie das hier so ist“, meinte sie und bezog sich dabei auf die Überlieferungen, dass Shifter ihre wahren Gefährten finden. Max hätte allein aufgrund ihres Auftretens vermutet, dass sie eine Shifterin war. „Allerdings gelingt das nicht jedem. Jedenfalls habe ich gerade gesehen, wie ihr einander angesehen habt, und es ist ziemlich offensichtlich."

Max hielt den Atem an, weil er befürchtete, dass diese unschuldige Bemerkung Roxanne verärgern würde. Stattdessen überraschte sie ihn mit einem Achselzucken, bevor sie einen weiteren Schluck Wein nahm. „Das Essen ist köstlich, wie immer", antwortete sie schließlich und lenkte schnell von dem Thema ab.

Er war so erleichtert, dass sie nicht auf die Bemerkung der Kellnerin reagierte, dass er laut aufseufzte. Die Kellnerin blickte zwischen ihnen hin und her. „Wenn ihr sonst keine Wünsche habt, bringe ich euch schon mal die Rechnung." Auf sein Nicken hin wandte sie sich ab und blickte dann zurück, wobei ihr Blick von ihm zu Roxanne wanderte. „Aber lass dir das nicht entgehen. Nicht jeder bekommt so eine Chance." Dann drehte sie sich um.

Roxannes Mund stand offen. Mit großen Augen blickte sie zu ihm. „Wow, die hat vielleicht Nerven. Falls du dich wunderst: Die Gerüchteküche hier ist so schlimm wie eh und je", sagte sie, während sie die Augen verdrehte.

Er zuckte mit den Schultern. „Ohne die wäre Catamount nicht dasselbe."

———

Roxanne spazierte neben Max die Hauptstraße entlang. Es war Anfang November und die Straßen waren weihnachtlich geschmückt, die Lichter hingen festlich in den Straßen und an den Häusern. Catamount war, wie so viele Kleinstädte in Neuengland, mit seinen stattlichen alten Häusern, den Alleen und den kleinen Parks, die über die Stadt verstreut waren, in der Weihnachtszeit traumhaft schön. Im Park im Zentrum der Stadt erhob sich eine prächtige Tanne inmitten der Granitwege, die den Park durchzogen. Die Weihnachtsbeleuchtung auf ihr funkelte in der Dunkelheit.

Max' Handfläche ruhte auf ihrer Taille. Sie war sich nicht sicher, wann er sie dorthin gelegt hatte, aber die Wärme seiner Berührung entzündete sie. Nach allem, was er heute Abend gesagt hatte, konnte sie sich nur schwer dagegen wehren, sich in seine Arme zu stürzen. Sie wollte so gerne glauben, dass er ernst meinte, was er gesagt hatte. Doch die Narben ihres Schmerzes und ihrer Trauer, nachdem er sie verlassen hatte, saßen tief. Mehr als fünfzehn Jahre lang hatte sie die Mauern um ihr Herz errichtet, weil sie sich nicht vorstellen konnte, je wieder so verletzlich zu sein, wie sie es bei Max war. Da sie nicht wusste, warum er nicht versucht hatte, mit ihr in Verbindung zu bleiben, nachdem er weggezogen war, musste sie die einzige Schlussfolgerung ziehen, die sie damals hatte ziehen können: Er hatte sie nie so geliebt, wie sie gedacht hatte.

Seine Zurückweisung hatte sie bis ins Mark getroffen. Sie hatte ihn so sehr geliebt und es jahrelang bereut. Allerdings ergab alles, was er darüber gesagt hatte, warum er mit ihr Schluss gemacht hatte, einen Sinn. Jetzt brauchte sie Zeit, um das alles zu verarbeiten. Sie war sich nicht einmal sicher, ob sie im Augenblick ihrem eigenen Herzen trauen konnte. Vielleicht war die überwältigende Verbindung, die sie zu ihm empfand, nur Wehmut und der anhaltende Wunsch, dass er zu ihr zurückkommen würde. Mühsam brachte sie ihre Gedanken auf den Augenblick zurück, in dem Max' Hand warm auf ihrem Rücken lag und die kühle

Luft des bevorstehenden Winters die Hitze in ihrem Inneren linderte.

Sie liefen leise durch die Nacht, das Laub knirschte unter ihren Schritten. Als sie den Laden erreichten, schob sie den Schlüssel ins Schloss und öffnete die Tür. Bevor sie weiter darüber nachdenken konnte, ergriff sie das Wort. „Möchtest du einen Kaffee?"

Er nickte und sein warmer, gelbbrauner Blick blieb an ihr haften. Leicht verunsichert bedeutete sie ihm, ihr zu folgen. Nachdem er eingetreten war, schloss sie die Tür hinter ihm. Sie liefen durch die abgedunkelten Gänge im vorderen Teil des Ladens. Dabei erinnerte sie sich an die vielen langen Abende mit ihm, an denen sie einander heimlich geküsst hatten, wann immer sie einen Augenblick für sich hatten. Sie schob sich durch die Tür zur Küche des Feinkostladens und verschwand hinter dem Tresen, während Max ihr folgte. Er lehnte sich an den Tisch in der Mitte der Küche, während sie schnell einen Espresso für die beiden zubereitete. Die Stille zwischen ihnen war vertraut und ließ sie ihre albernen Bedenken vergessen.

Sie schob ihm seine Tasse zu und ließ ihre Hüften auf den Tisch neben ihm gleiten, wobei sie unruhig mit den Beinen wippte, sobald sie Platz genommen hatte. Ein Schluck von dem dunklen Gebräu, das sie zubereitet hatte, verschaffte ihr eine Dosis Klarheit. Das hier war nicht mehr als ein Kaffee mit einem alten Freund. Das konnte sie schaffen.

Da beugte sich Max zu ihr und das schwache Licht von vorne fiel auf sein mahagonifarbenes Haar. „Wir kommen offenbar ganz gut damit klar, ganz normale Dinge zu tun", stellte er fest und ein Lächeln umspielte einen seiner Mundwinkel.

Im Nu erhitzte sich die Luft um sie herum. Ihr Unterleib krampfte sich zusammen und ihr Puls beschleunigte sich. Er stellte seinen Kaffee ab und wandte sich ihr zu. Alles verschwamm und das Verlangen glitt wie Feuer durch ihre Adern. Er ging langsam vor, als ob er ihr die Möglichkeit geben wollte, ihm Einhalt zu gebieten, aber das konnte sie nicht. Sie sehnte sich so sehr nach seiner Berührung, dass sie dieses Bedürfnis nicht unterdrücken konnte. Mit einer Hand strich er ihr das Haar von der Schulter und legte seine Hand um ihren Nacken. Gefangen in seinem Blick aus honigfarbenem Feuer, konnte sie nicht wegsehen und kaum atmen.

Dann trat er einen Schritt auf sie zu und stellte sich zwischen ihre Knie. Hitze und Stärke strömten von ihm aus. Gefühle, Sehnsüchte und pures Verlangen durchfluteten sie und durchtränkten sie. Seine Augen musterten ihr Gesicht. Dabei stieß sie einen lauten Seufzer aus. Er neigte seinen Kopf zur Seite und drückte ihr einen Kuss auf den Augenwinkel. Von dort aus verteilte er Küsse auf ihrer Wange und an ihrem Kinn, wo sein Atem auf ihrer Haut eine Gänsehaut verursachte. Schließlich bahnte er sich seinen Weg zu ihrem Mund. Als seine Lippen die ihren erreichten, war sie fast rasend vor Verlangen. Er reizte sie mit sanften Küssen und fuhr mit seiner Zunge über ihre Lippen, bevor er seinen Mund auf ihren legte. Nach einem beherzten Stoß seiner Zunge stöhnte sie in seinen Mund. Sie legte ihre Hände um seine Taille, zog ihn zu sich und schlang ihre Beine um seine Hüften. In dem Augenblick, als sein harter Schaft gegen ihr Innerstes drückte, wurde ihr Kuss immer wilder. Sie leckten einander, streichelten sich gegenseitig, knabberten aneinander und ließen ihre Zungen sinnlich umeinander kreisen.

Pures Verlangen schoss durch sie hindurch. Es war so verdammt lange her, dass sie sich bei jemandem wirklich fallen lassen hatte. So lange, wie es her war, dass sie das letzte Mal mit Max zusammen gewesen war. Sie wollte ihn, wie sie noch nie jemanden gewollt hatte. Dass er hier war, seine Hände über sie strichen und diese wilde, brodelnde Leidenschaft sie innerlich verbrannte, war fast mehr, als sie ertragen konnte. Hauptsache, es würde nicht aufhören. Ein winziges Stimmchen versuchte, sich dagegen zur Wehr zu setzen. Das brennende Bedürfnis in ihrem Inneren ließ diese Stimme jedoch verstummen.

Sie streifte ihm die Jacke von den Schultern und zupfte an seinem Hemd. Sie musste jetzt unbedingt seine Haut spüren. Während sie seine Kleidung zu Boden warf, machte er sich schnell an ihrer zu schaffen. Sie seufzte, als sie mit einer Handfläche über seinen straffen Oberkörper strich. Dabei umfasste er ihre Brüste und stieß ihren Namen mit einem Stöhnen aus. Sie wollte ihn schon an sich ziehen, aber bevor sie das tun konnte, neigte er den Kopf und ließ seine Zunge um eine Brustwarze kreisen.

Dabei vergaß sie völlig, was sie eigentlich beabsichtigt hatte und stürzte in einen wahren Hexenkessel von Empfindungen. Er zeichnete Kreise um ihre Brustwarzen und zwickte sie leicht, bevor er erst die eine und dann die andere in seinen Mund nahm. Unter Keuchen und Schnaufen fummelte sie an seiner Jeans herum und ließ eine Hand über seine Unterhose gleiten, um seinen Schwanz zu streicheln. Sie genoss sein Stöhnen, als er seine Lippen von ihrer Brust löste und aufblickte. Sein Blick traf den ihren, und es war genauso, wie sie es in Erinnerung gehabt hatte – nichts als sie beide und dieses unbändige, tiefe Gefühl, das wie eine Trommel zwischen ihnen schlug. Die Verbindung, die sie mit ihm teilte, war wie keine andere.

Während er ihren Blick festhielt, schlang er seine

Hände um ihre Hüften und zog sie an den Rand des Tisches. Sie war ganz feucht vor Verlangen, ihr Höschen klatschnass. Sie vergaß, ihn weiter zu erkunden, als er kurzerhand ihre Jeans aufknöpfte und ihre Hüften gerade so weit anhob, dass er sie herunterziehen konnte. Ihr Herz pochte so stark und schnell, dass sie an nichts anderes mehr denken konnte, als ihm endlich so nah zu sein, wie sie das brauchte. Mit einem Finger fuhr er auf der schwarzen Seide zwischen ihren Beinen hin und her. Ihre Spalte spannte sich vor Erwartung an.

„Max ... mach schon ...", stieß sie hervor.

Da schob er den Stoff beiseite und ließ seine Finger durch ihren Spalt gleiten. Ihre Hüften bewegten sich unruhig. Erst ein Finger und dann ein weiterer glitten in sie hinein. Sie schloss die Augen und genoss jede seiner sanften Berührungen. Jetzt war sie so nah dran, so verdammt nah an der Erfüllung. Ihre Augen flogen auf, als er seine Finger herauszog.

„Ich muss in dir sein, wenn du kommst." Seine Worte waren rau und kamen zwischen seinen heftigen Atemzügen hervor.

Da griff sie nach ihm und schob ihm die Jeans und den Slip nach unten. Sie wollte ihn schon zu sich ziehen, aber er hielt sich zurück, kramte in seiner Tasche und holte sein Portemonnaie heraus. In Sekundenschnelle riss er die Folienverpackung auf und zog ein Kondom über. Durch die Unterbrechung wurde ihr Verlangen nur noch größer. Verzweifelt schlang sie ihre Beine um seine Hüften. Er hielt inne, seine Eichel ruhte an ihrem Eingang.

„Roxy, sieh mich an."

Sie blickte auf in seinen feurigen Blick. Nach ein paar Herzschlägen versank er langsam in ihr, seine Augen die ganze Zeit über auf sie gerichtet. Als er ganz in ihr versunken war, hielt er still und strich mit einer Hand durch ihr Haar. „Ich habe dich so sehr vermisst", flüsterte er.

Sie nickte, Gefühle und Verlangen wirbelten in ihrem Inneren wild durcheinander. „Ich habe dich auch vermisst. So sehr." Die nackte Wahrheit drang aus den Tiefen des vertrauten Augenblicks.

Max begann sich langsam zu bewegen und stieß jedes Mal tief in sie hinein. Sie schnappte nach Luft, als er sie ausfüllte und das süße Vergnügen in ihr brodelte. Wieder und wieder brachte er sie näher und näher. Immer und immer wieder trieb sie ihn an den Rand ihrer köstlichen Erlösung. Dann schob er eine Hand zwischen sie und ließ sie über dem Zentrum ihrer Lust kreisen, und sie brach endgültig auseinander. Ihr Orgasmus schoss in Wellen durch sie hindurch, als er sich gegen sie drückte und wild aufschrie, seinen Kopf zurückwarf und dann nach vorne fallen ließ, sodass seine Stirn auf der ihren ruhte.

Sanfte Schauer durchliefen sie und Roxanne entspannte sich langsam in Max' Umarmung. Sie konnte nicht so recht glauben, was da gerade geschehen war. Auch wenn sich ein Teil von ihr fragte, was zum Teufel sie da eigentlich angestellt hatte, wusste sie gleichzeitig auch, dass sie sich dem nicht hätte entziehen können. Ihre Katze befürwortete entschieden, dass sie dem pochenden, pulsierenden Verlangen zwischen ihr und Max nachgab. Nachdem er langsam seinen Kopf gehoben hatte, öffnete sie ihre Augen. Seine Handfläche glitt langsam ihren Rücken hinauf und kam zwischen ihren Schulterblättern zur Ruhe, während sein Daumen träge darüberstrich. Ihr Herz platzte unter seinem Blick aus allen Nähten. Sie schluckte und holte tief Luft.

„Ich, ähm ... Nun, das ist jetzt wohl einfach so passiert“, sagte sie und ihre Worte klangen heiser.

Seine Augen suchten ihr Gesicht ab, bevor sich seine Mundwinkel nach oben zogen. „Ja“, antwortete er und das tiefe Timbre seiner Stimme jagte ihr einen Schauer über den Rücken.

KAPITEL SIEBEN

Max beobachtete Roxy und wünschte sich, er könnte in ihre Gedanken eindringen, um herauszufinden, was sie dachte. Ihre blauen Augen leuchteten in dem schwachen Licht. Damit hatte er nun ... wirklich nicht gerechnet. Doch als er sie angesehen und festgestellt hatte, dass ihr zurückhaltender Blick verschwunden war, hatte sein Urbedürfnis die Kontrolle übernommen. In dem Augenblick, als er sie geküsst hatte, war er verloren gewesen. Ihre Haut fühlte sich warm gegen ihn an. Als sie Luft holte, hoben sich ihre prächtigen Brüste gegen seinen Oberkörper und die Lust ließ ihn aufschrecken. Wieder einmal. Es war nicht damit getan, dass er endlich, endlich Haut an Haut mit ihr war. Er war sich sicher, dass es noch eine ganze Weile dauern würde, bis sein Verlangen nach ihr gestillt sein würde.

Sie hielt seinem Blick einige Atemzüge lang stand, bevor sie ihren Blick senkte. Dann hob sie eine Hand und strich über sein Schlüsselbein. Als sie wieder aufblickte, sah sie fast ein wenig verzagt aus. „Das habe ich nicht erwartet", stellte sie leise fest.

„Ich auch nicht."

Er wartete und versuchte, die Stille nicht zu unterbrechen. Er wusste, dass Roxy nicht gut mit Druck umgehen konnte, und so sehr er auch darauf hinweisen wollte, dass das, was sich zwischen ihnen abgespielt hatte, so stark war wie eh und je, hielt er sich zurück.

Sie biss sich auf die Lippe und ließ ihre Hand sinken. „Nun, ich nehme an, es war unvermeidlich."

„Was war unvermeidlich?"

„Das", antwortete sie und deutete zwischen ihnen hin und her. „Wobei ich überhaupt keine Ahnung habe, was das zu bedeuten hat."

Er wollte etwas erwidern, hielt sich aber zurück. Sein innerer Löwe brüllte laut. Seine ureigene Seite kannte die schlichte Wahrheit: Roxy war für ihn bestimmt und das war sie schon immer. Er musste nur warten, bis sie die Wahrheit so klar sah wie er, bis sie genug Zeit hatte, wieder an ihn zu glauben. Es kostete ihn fast seine ganze Disziplin, aber er schaffte es, einigermaßen vernünftig zu klingen. „Für mich bedeutet es das, was es immer bedeutet hat. Ich liebe dich mit jeder Faser meines Seins. Fünfzehn Jahre, in denen ich dich vermisst habe, haben sich in mir aufgestaut." Bei seinen Worten weiteten sich ihre Augen, aber sie schwieg. „Ich kann warten, bis du herausgefunden hast, was es für dich bedeutet", sagte er schließlich.

Ihre blauen Augen musterten ihn einige Augenblicke lang, bevor sie nickte. „Ich brauche nur etwas Zeit."

Und da er schon so viele Hindernisse zwischen ihnen überwunden hatte, konnte er sich in Geduld üben, auch wenn das seine Willenskraft stark strapazierte.

———

Roxanne stand allein im Wohnzimmer im ersten Stock. Sie drehte sich langsam im Kreis, ihr Blick wanderte an den hohen Fenstern entlang, durch die das Licht hereinfiel, und folgte den klaren Linien des Raumes mit seinem dunklen Eichenboden und den hellen weißen Wänden. Vor ein paar Jahren hatte sie eine große Aufräumaktion durchgeführt und sich von vielen alten Besitztümern ihrer Eltern getrennt. Sie hatte nur ein paar Erinnerungsstücke behalten, die ihr wichtig waren, sowie einige Antiquitäten, die über Generationen weitergegeben worden waren. Danach hatte sie den oberen Teil des Hauses, in dem sich die Wohnräume ihrer Familie und der Laden befanden, gründlich entrümpelt. Sie brauchte das Gefühl eines Neuanfangs, auch wenn sie immer noch in dem Haus lebte, in dem sie geboren und aufgewachsen war.

Max' Rückkehr hatte sie in vielerlei Hinsicht aufgewühlt. Sie träumte wieder einmal von einem Leben mit ihm. In den berauschenden Tagen ihrer jungen Liebe hatten sie sich ausgemalt, ihr eigenes Haus in einem kleinen Tal außerhalb der Stadt zu bauen. Obwohl sie ihn wahnsinnig vermisst hatte und sich damit abfinden hatte müssen, ihre Träume aufzugeben, hatte sie es nicht bereut, den Laden ihrer Familie übernommen zu haben und in ihrem Elternhaus geblieben zu sein. Catamount war ihr Zuhause. Ihre Familie lebte hier seit Jahrhunderten und war eine der Gründerfamilien der Shifter. Sie war stolz auf ihre Familie und deren Geschichte. Murrend machte die Wildkatze sich wieder in ihr bemerkbar, um weiter über ihre Möglichkeiten nachzudenken.

Es war schwer, die Hoffnung zu unterdrücken, die in ihr aufkeimte, aber ihr Herz war unsicher. Was, wenn Max nur von der Sehnsucht nach dem, was einmal war, überwältigt worden war? Woher sollten sie überhaupt wissen, ob ihre verrückte Jugendliebe jemals zu etwas geführt hätte? In den Monaten nach seinem Verschwinden war ihr Herz vor Schmerz gebrochen und sie hatte es nie ganz geschafft, ihn loszulassen. Jetzt, wo er hier war, konnte sie kaum noch denken, geschweige denn eine klare Vorstellung davon haben, wie sie mit all dem umgehen sollte. Sie schloss die Augen und holte tief Luft, als sie sich daran erinnerte, wie er sich in sie geschoben hatte. Bei dieser Erinnerung überschlug sich ihr Puls und Hitze durchfuhr sie. Dann schüttelte sie den Kopf und öffnete die Augen.

Sie musste zur Arbeit. Heute musste sie erst später anfangen. Normalerweise war sie die Erste im Laden, aber zweimal in der Woche fing sie später an, um sich Zeit für die Bestellungen, die Buchhaltung und alles andere zu nehmen, was sie aufholen musste. Gestern Nacht hatte sie sich nach ihrem Zwischenspiel mit Max in der Küche hin und her gewälzt. Ihr Verstand hatte sich vor lauter Sorge darüber, was das alles zu bedeuten hatte, völlig verstrickt. Und nachdem sie dann endlich eingeschlafen war, war ihr Schlaf von Fieberträumen von ihm unterbrochen worden.

Auf dem Weg nach unten hoffte sie auf einen arbeitsreichen Tag. Sie konnte dringend etwas gebrauchen, das sie von Max ablenkte und ihr ein halbwegs normales Gefühl vermittelte. Als sie durch die Tür in den Sandwichladen trat, wurde sie regelrecht überrannt.

Becky blickte von der Kasse aus herüber, wo sich eine Schlange von der Theke bis zu den Gängen wand. „Oh, zum Glück bist du da! Es ist wie verhext, seit wir geöffnet haben. Ich hatte ganz vergessen, dass heute das Erntefest stattfindet."

Roxanne warf einen Blick durch die Gänge auf die Hauptstraße, auf der sich die Leute im Park tummelten. Laub flatterte durch die Luft und sorgte für eine stimmungsvolle Atmosphäre. Sie war so sehr in Gedanken an Max vertieft, dass sie das leise Summen der Gespräche auf der Straße überhaupt nicht mitbekommen hatte. Dann begegnete sie Beckys Blick und grinste. „Ich auch. Nun, jetzt bin ich ja da.“

Sie schnappte sich eine Schürze von einem Haken an der Wand und trat an Beckys Seite. „Soll ich dich hier unterstützen oder Joey da drüben helfen?“

Becky reichte dem Kunden, der am Anfang der Schlange wartete, das Wechselgeld, bevor sie zu Roxanne schaute. „Wenn es dir nichts ausmacht, hier zu übernehmen, dann helfe ich ihm.“

„Kein Problem“, antwortete Roxanne und schlüpfte an die Kasse, als Becky verschwand und zum hinteren Tresen ging, wo Joey damit beschäftigt war, verschiedene Frühstücksbestellungen zusammenzustellen.

Die Stunden vergingen wie im Flug. Roxanne servierte so viele Kaffees, dass ihr fast schwindelig wurde, weil sie zwischen der Kasse und der Espressomaschine hin und her pendelte. Währenddessen arbeiteten Joey und Becky wie verrückt und belegten ein Sandwich nach dem anderen für den Ansturm der Kunden, die an diesem kühlen Herbstmorgen hereinkamen. Thanksgiving stand vor der Tür und der Winter hielt Einzug, während die Blätter von den Bäumen fielen. In Catamount fand jedes Jahr ein Erntefest statt, bei dem die Bauern aus der Umgebung ihre letzte Ernte verkauften, um sich auf den Winter vorzubereiten. Die Veranstaltung lockte Horden von Einheimischen und Touristen in die Gegend.

Als der Laden schloss, war sie völlig ausgelaugt. Sie

lehnte sich gegen den Tresen und drehte ihren Kopf hin und her, um die Anspannung zu lösen. Joey schaltete den Geschirrspüler ein und schlenderte zum vorderen Teil des Ladens. Becky hatte sich schon ein paar Minuten vorher auf den Weg gemacht.

„Ich bin morgen früh wieder da, einverstanden?", fragte Joey und fuhr sich mit der Hand durch sein zotteliges braunes Haar.

Roxanne warf ihm ein müdes Lächeln zu. „Ausgezeichnet. Vielen Dank, dass du dich heute so ins Zeug gelegt hast."

Joey zuckte mit den Schultern. „Kein Problem. Dafür bezahlst du mich ja auch."

„Stimmt. Aber nicht jeder arbeitet so hart wie du, also danke trotzdem. Und jetzt raus mit dir."

Joey grinste über seine Schulter, als er an der Theke vorbeiging. Er schien nur aus Armen und Beinen zu bestehen und jeden Tag ein Stückchen größer zu werden. Sie wandte sich um und sah ihm nach, wie er den Gang entlanglief und seine schlaksige Gestalt einen langen Schatten in den dunklen Laden warf. Als er den Laden verließ, läutete das Glöckchen. Da hörte sie erneut Schritte an der Tür und das deutliche Klicken des Schlosses. Die Schritte bewegten sich in ihre Richtung und sie sah, wie Diane um die Ecke des Mittelganges bog und sich auf die Frischeabteilung zubewegte.

„Hey, du. Du siehst so müde aus, wie ich mich fühle. Verrückter Tag, was?", fragte Diane mit einem müden Lächeln.

„Oh, ja. Aber ich kann mich nicht beklagen. Ich wünschte nur, ich hätte mich daran erinnert, welcher Tag heute ist. Dann wäre ich früher runtergekommen."

Diane stützte sich mit einer Hüfte neben Roxanne

am Tresen ab. Dann trat ein Funkeln in ihre Augen. „Gibt es denn einen Grund, warum du so lange gebraucht hast?“

Roxanne wusste, dass Diane sich auf Max' plötzliches Auftauchen in ihrer Welt bezog. Sie verdrehte die Augen und zuckte mit den Schultern. „Kann schon sein.“ Dabei musterte sie den Boden und zählte aufmerksam die Holzbretter. Schließlich nahm sie all ihren Mut zusammen und blickte zu Diane. Max hatte sie ganz schön durcheinandergewirbelt, und sie wusste überhaupt nicht mehr, wo ihr der Kopf stand. Jetzt konnte sie einen Rat gebrauchen, und sie vertraute Diane vollkommen. „Wir haben gestern zusammen zu Abend gegessen. Dabei hat er gesagt, dass er nie aufgehört hat, mich zu vermissen und dass er eine zweite Chance haben möchte. Aber ich weiß gar nicht, was ich davon halten soll.“

Diane neigte ihren Kopf zur Seite. „Nun, denken wird dir hier nicht gerade viel bringen. Wie fühlst du dich?“

Roxanne warf ihre Hände in die Höhe. „Total durchgeknallt! Was denkst du, wie ich mich fühle? Du weißt doch, wie verliebt ich damals in ihn war. Ich war total verrückt nach ihm. Aber wir waren erst siebzehn. Wie kann ich da meinen Gefühlen von damals trauen? Und dann taucht er aus heiterem Himmel auf und es ist, als würde mein Herz in der Zeit zurückspringen.“

Dianes Augen funkelten, während sie sanft lächelte. „Süße, wir sind alle total durchgeknallt, wenn wir siebzehn sind, aber das heißt doch nicht, dass das, was du damals gefühlt hast, nicht echt war. Hat er denn etwas darüber gesagt, was passiert ist?“

„Aber ja. Um es kurz zu machen, seine Mom hat sie von hier weggeholt, weil sie Angst gehabt hat, Wallace Peyton hätte etwas mit dem Unfall von Max'

Dad zu tun. Ich schätze, sein Vater hatte damals herausgefunden, dass Wallace die Fabrik betrogen hat. Zu der Zeit war Wallace noch Bürgermeister und hat in der Stadt überall mitgemischt. Ich muss sagen, ich war ziemlich erleichtert, dass er nach der Schmuggelgeschichte verhaftet worden war, damit ich mich nicht mehr mit diesen eingebildeten Peytons herumschlagen musste. Man könnte meinen, die wären die einzige Gründerfamilie in dieser verdammten Stadt."

Diane verdrehte die Augen und gluckste. „Ja, das ist ein netter Nebeneffekt, nachdem die Peytons von ihrem Podest gestoßen worden sind. Aber zurück zu Max. Ist das dein Ernst?!", fragte sie mit großen Augen. „Wenn das wirklich passiert ist, ist es doch kein Wunder, dass seine Mom sie so schnell wie möglich von hier weggeholt hat. Ehrlich gesagt, selbst wenn sie sich nur Sorgen gemacht hat, so wie Wallace damals drauf war, hätte jeder andere das Gleiche getan."

„Ich weiß. So ergibt die ganze Sache mehr Sinn. Max hat gesagt, er war so erschüttert über alles, dass er gar nicht mehr klar denken konnte. Aber das ist nicht der Grund, warum ich so durcheinander bin, ich versuche einfach herauszufinden, was nun tatsächlich stimmt. Vielleicht ist er ganz in seinen Erinnerungen gefangen, und ich vielleicht auch. Ich meine, er ist durch diese Tür getreten", sie machte eine Pause und deutete auf den Eingang des Ladens, „und das hat mein Leben wie ein Wirbelsturm völlig auf den Kopf gestellt. Davor war ich völlig mit meinem Leben im Reinen. Ich hatte keinerlei persönliche Turbulenzen in meinem Leben, und damit war ich vollauf zufrieden. Ich kann das alles eigentlich gar nicht gebrauchen, und trotzdem ist er da, und ich weiß nicht, was ich dagegen tun soll!"

Diane schwieg einen langen Augenblick, dann beugte sie sich vor und umarmte Roxanne kurz. „Nur, weil alles in Ordnung war, wie es war, heißt das nicht, dass Veränderungen nicht auch etwas Gutes an sich haben können. Vielleicht ist Max aus dem Nichts aufgetaucht, aber du wärst nicht so aufgewühlt, wenn er dir nicht wichtig wäre. Vielleicht solltest du aufhören, so viel zu denken und einfach mal nach deinem Bauchgefühl handeln.“

„Nach meinem Bauchgefühl handeln?“, fragte Roxanne, während sich die Angst in ihrer Brust zusammenzog und ihr den Magen zuschnürte. Sie fühlte sich, als würde sie sich innerlich drehen, ihre Gefühle drehten sich im Kreis und brachten sie aus dem Gleichgewicht. „Das schmeckt mir überhaupt nicht. Ich plane lieber und weiß, was passiert. Ich möchte die Kontrolle haben, verdammt noch mal!“

Diane wölbte eine Augenbraue. „Du bist eindeutig die Tochter deiner Mutter, durch und durch. Auch sie hat immer gerne alles geregelt. Aber so läuft es eben nicht immer. Wenn du mich fragst, habe ich mich schon immer gefragt, wann dir endlich mal ein Mann auffällt. Das ist irgendwie überfällig. Ich denke, wenn Max dich immer noch bewegt, dann solltest du ihm Aufmerksamkeit schenken. Wenn es nur eine Art Nostalgie ist, wird sie ziemlich schnell abklingen. Ich würde allerdings dagegen wetten.“

„Hast du schon vergessen, wie sehr ich es hasse, Ratschläge zu bekommen?“, fragte Roxanne, verärgert über Dianes Ermunterung, sich nach ihrem Bauch zu richten.

„Bestimmt nicht, aber ich bin fast alt genug, um deine Mutter zu sein, also darf ich dir welche erteilen“, bot Diane mit einem breiten Lächeln an.

Roxanne verdrehte die Augen und lachte, bevor sie

schnell wieder ernst wurde. „Ich bin aber nicht besonders gut darin, nach meinem Bauchgefühl zu handeln.“
Dabei musste sie gegen die Enge in ihrer Kehle
ankämpfen, als sie an Max und die Flut von Gefühlen
dachte, die er in ihr Leben geschwemmt hatte.

KAPITEL ACHT

Max stand auf der Veranda des Hauses seiner Kindheit und sah zu, wie sich ein Schwarm von Schülern, Jungen wie Mädchen, auf dem Grundstück verteilte. Hank hatte sich bei der Anwerbung eines Aufräumteams mehr Mühe gegeben als erwartet. Er hatte Max gestern spät noch angerufen, um ihm mitzuteilen, dass er ihn heute Morgen vor dem Haus treffen würde. Die Kids kamen schubweise nach Hank an und machten sich unter seiner Anleitung sofort an die Arbeit. Sie harkten Laub, rupften Unkraut, räumten überall Gestrüpp weg und arbeiteten wie verrückt. Hank hatte mehrere Sportteams an der Highschool mitbetreut. Zusammen mit seiner Frau hatte er fast zwanzig Jugendliche aufgetrieben. Hank schien dies als einen weiteren Trainerjob zu betrachten und übernahm sofort die Leitung der Aktion, nachdem er mit Max geklärt hatte, was zu tun war.

Max nahm einen langen Schluck von dem Kaffee, den er heute Morgen in Roxannes Country Store gekauft hatte. Er war enttäuscht, dass sie gerade mit einer Bestellung beschäftigt gewesen war, als er vorbeigekommen war, aber er war froh, dass er seinen Kaffee noch bekommen hatte, bevor er zu Hank gefahren war. Nun verließ er die Veranda und schlenderte an Hanks Seite über das Grundstück.

„Du hast dich heute selbst übertroffen. Danke, dass du diese ganzen Kids aufgegabelt hast", rief Max, als er Hank erreichte.

Hank grinste und rückte seine abgewetzte Baseballkappe der Red Sox zurecht. „Sobald ich erwähnt habe, dass du was springen lässt, gab es einen regelrechten Ansturm", antwortete er lachend.

„Die werden hier viel schneller aufräumen, als ich es könnte, das ist sicher."

Als er den Garten überblickte, konnte er die alten Blumenbeete seiner Mutter erkennen, die von Gestrüpp und Unkraut befreit worden waren. Das Muster der Pfade aus Schieferplatten, die sich durch den Garten schlängelten, wurde wieder sichtbar. Hank rief einer Gruppe von Jungen etwas zu, die gerade an einem Gebüsch zerrten, und wandte sich wieder Max zu. „Ich habe die alte Akte über den Unfall deines Vaters herausgesucht. Ich war damals zwar nicht der Polizeichef, aber ich war in der Truppe. Ich glaube nicht, dass sie überhaupt einen Ermittler eingesetzt haben. Wahrscheinlich hat Wallace die Fäden gezogen. Die Polizei von Catamount hat River Run schon immer im Auge behalten, weil der Ort kaum mehr umfasst als die Fabrik."

Max nahm einen weiteren Schluck Kaffee und zwang sich, ganz ruhig zu atmen. Eigentlich hatte er geglaubt, den Verlust seines Vaters überwunden zu haben, aber das letzte Jahr hatte das in Frage gestellt. Er vermutete, dass das vor allem daran lag, dass er Antworten suchte, seit er von den Verdächtigungen seiner Mutter erfahren hatte. Wenn der Tod seines

Vaters mehr war als ein zufälliger Unfall, wollte er das wissen. „Steht da irgendwas Wichtiges drin?", fragte er schließlich.

Hank wandte sich Max zu und musterte ihn nachdenklich. „Schwer zu sagen. Es ist ein einfacher Unfallbericht. Wie viel hat dir deine Mutter über den Unfall erzählt?"

Max merkte, dass Hank ihn vielleicht vor den Einzelheiten schützen wollte. „Ich schätze, sie hat mir alles erzählt, was sie gewusst hat. Sie hat so lange abgewartet, bis ich etwas älter war, und ihren Verdacht gegen Wallace so lange zurückgehalten, bis sie krank geworden ist. Über den Unfall selbst weiß ich nur, dass ein Teil der Ausrüstung versagt hat und er in die Walzen gezogen worden ist. Das war's." Papierfabriken wie die, in der sein Vater gearbeitet hatte, waren mit mächtigen Walzen ausgestattet, die riesige Mengen Zellstoff plattdrückten und zu Papier verarbeiteten. Unfälle wie der seines Vaters waren in Papierfabriken keine Seltenheit, selbst heutzutage nicht.

Hank nickte langsam. „So steht es im Bericht. Allerdings fehlt die Angabe, welche Geräte versagt haben und wie es dazu kommen konnte, dass er sich in den Walzen verfangen hat. Komisch, wenn man über einen Unfall liest, merkt man erst, was fehlt, wenn man ganz genau hinsieht. Ich mache den Leuten, die zu dem Unfall gerufen worden sind, keine Vorwürfe, aber die Frage ist doch offensichtlich. Ich habe eine Liste der Angestellten, die zum Zeitpunkt des Unfalls anwesend waren, und werde sie alle noch einmal befragen. Fünfzehn Jahre scheinen eine lange Zeit zu sein, aber eigentlich ist das gar nicht so viel. Alle, die damals dabei waren, leben heute noch. Ich denke, wenn dein Vater den Verdacht gehabt hat, dass Wallace etwas unterschlagen hat, ist es gut möglich, dass andere das auch getan haben. Die Fabrik in River Run ist etwa fünf Jahre später geschlossen worden, aber fast alle wohnen noch da."

Max nahm Hanks Worte in sich auf. „Das hört sich ja ganz so an, als ob du glaubst, du hättest ein paar Möglichkeiten, der Sache auf den Grund zu gehen?"

Hank nickte entschlossen, seine Zuversicht war unübersehbar. „Auf jeden Fall. In diesem Fall ist die Zeit unser Freund. Bis letztes Jahr, als Wallace wegen seiner Rolle im Schmugglerring verhaftet worden ist, hätten sich nicht viele Leute getraut, ihm die Stirn zu bieten. Aber jetzt ist er hinter Gittern. Da kann er nicht mit viel Sympathie rechnen. Gründerfamilie hin oder her, die Shifter hatten die Nase voll davon, dass er seine Macht so schamlos ausgenutzt hat. Seine Söhne waren genauso schlimm. Du hast sicher gehört, dass Callen gestorben ist, oder?"

Max nickte. „Ja, das habe ich in den Nachrichten gesehen. Mir war allerdings nicht bewusst, dass das alles mit dem ganzen Schlamassel um den Schmuggel hier zusammenhängt."

Hank schüttelte bedauernd den Kopf. „Ich bin verdammt erleichtert, dass das vorbei ist, aber es hat einen Schatten auf Catamount geworfen, besonders auf die Shifter. Der Name Peyton fällt hier kaum noch. Damit könnten wir vielleicht was erreichen, wenn jemand etwas über den Unfall deines Dads weiß."

Ein kräftiger Windstoß wirbelte einen Laubhaufen durcheinander. Max atmete die kühle Luft tief ein und ließ seinen Blick über das Grundstück schweifen. Er erinnerte sich an vergangene Herbste, in denen er seinem Vater beim Aufräumen geholfen hatte, bevor der Schnee gekommen war. Er blickte zurück zu Hank. „Danke, dass du dir das angesehen hast. Ich weiß, dass du das nicht musst."

Hank sah ihn einen langen Augenblick lang an. „Selbstverständlich. Was mich betrifft, ist es keine Frage, dass ich mir das genauer ansehe." Er hielt inne, als zwei Jungen vorbeikamen, deren Arme mit Kletterpflanzen beladen waren, die sie zusammengebunden hatten. „Das war richtig gute Arbeit. Diese Ranken machen es einem nicht gerade leicht", stellte er fest. Die Jungen grinsten und marschierten weiter zu der Stelle, die Max für ein großes Feuer vorgesehen hatte. Sie warfen das Gestrüpp auf den Haufen und kehrten sofort in die Ecke des Grundstücks zurück, in der sie gearbeitet hatten.

Stunden später sah Max, wie Hanks Truck im schwindenden Licht davonfuhr. Die Kids hatten die Arbeit weitestgehend an einem Tag erledigt. Max spazierte langsam durch den Garten. Die Steinmauer war vollständig von den überwucherten Büschen und dem Unkraut freigeräumt worden. Der gesamte Bereich war von Laub befreit. Seine Mutter hatte Gartenarbeit geliebt und der gesamte Garten war mit Blumenbeeten und Gehwegen aus Schieferplatten übersät, die sich durch sie hindurchzogen. Heute gab es zwar keine Blumen mehr, wie auch schon seit Jahren nicht mehr, aber wenigstens konnte er erkennen, wo sie sein sollten. Als er die Baumgruppe erreichte, in der sein altes Baumhaus gestanden hatte, blickte er nach oben. Er hatte ein paar Jugendlichen geholfen, die letzten Überreste des Baumhauses abzureißen. Nun war nichts mehr davon übrig, außer seinen Erinnerungen. Dann drehte er sich um und sah sich das Haus an. Der Efeu war entfernt worden, ebenso wie die Ranken, die sich an den Veranden entlanggeschlängelt hatten. Die heruntergefallenen Fensterläden waren ordentlich auf der hinteren Veranda aufgestapelt.

Er stieg die Stufen hinauf und drehte sich um, um zu den Bergen zu schauen. In der letzten Stunde war die Sonne hinter dem Horizont verschwunden und hatte einen aquarellartigen Himmel zurückgelassen, während die Dunkelheit langsam die Oberhand gewann. Sein Löwe grummelte innerlich. Er hatte sich so sehr daran gewöhnt, sich selten zu wandeln, dass er sich seit seiner Rückkehr in die Heimat noch gar nicht gewandelt hatte. Abgesehen von allem anderen, an das er sich hatte gewöhnen müssen, als sie plötzlich von Catamount weggezogen waren, hatte er lernen müssen, dass Shifter außerhalb von Catamount nur unter strengster Geheimhaltung leben konnten. Fünfzehn Jahre lang hatte er seinen Löwen in Ketten legen und lernen müssen, damit zu leben, weil es außerhalb der Wildnis nicht sicher war, sich zu wandeln. Doch jetzt brüllte sein Löwe fast, um endlich freizukommen. In der Sicherheit von Catamount und an den Ausläufern der Berge wandelte Max sich, um seinen Löwen zum ersten Mal seit Jahren wieder frei laufen zu lassen.

Eine gewaltige Woge an Energie durchströmte ihn. Fell wirbelte über seine Haut, er sprang von der Veranda und stürzte sich in den Wald hinter dem Haus. Mit sicherem und schnellem Schritt durchquerte er die Ausläufer des Waldes. Fünfzehn Jahre mochten vergangen sein, aber sein Löwe erinnerte sich noch deutlich an diese Wälder und Berge. Er schlängelte sich durch die Bäume des dunkler werdenden Waldes, bis er immer höher und höher hinaufstieg, und der Boden wurde felsig. Die Erleichterung, seinen Löwen frei laufen zu lassen, hallte tief in ihm nach. Er genoss die Stärke und Kraft jedes Sprungs. Er rannte dahin, bis er einen Bergkamm erklomm. Dort hielt er inne, stand erhobenen Hauptes auf dem Kamm und blickte auf das Tal hinab.

Catamount lag eingebettet in einem Tal in den Ausläufern der Appalachian Mountains. Seine Lichter funkelten in der Dunkelheit. Hinter einem anderen Bergkamm ging der Halbmond auf. Er streckte sich, bevor er wieder vorwärts sprang und sich seinen Weg am Berghang zurück in den Wald bahnte. Erst als er das Grundstück erreichte, begann er langsam müde zu werden. Es war bereits vollkommen dunkel und die Sterne leuchteten über ihm. Sobald er das Haus erreicht hatte, nahm er wieder seine menschliche Gestalt an und zog sich zügig seine Kleidung an. Das dringende Bedürfnis, Roxy zu sehen, pochte in ihm. Er kannte den schmalen Grat zwischen seinem Menschen- und seinem Löwendasein gut und wusste, dass die Verwandlung in die Löwengestalt ihn näher an seine ursprüngliche Seite brachte. Aber im Augenblick ging sein Bedürfnis, Roxy zu sehen, weit über das Ursprüngliche hinaus und grenzte schon an Raserei.

Er stieg in sein Auto und fuhr schnell in die Stadt, in der Hoffnung, sie im Laden zu finden. Er merkte, dass er viel zu schnell unterwegs war, als er an der Polizeistation vorbeiraste, wo er ruckartig auf die Bremse stieg. Nachdem er auf der anderen Straßenseite des Ladens mit quietschenden Reifen zum Stehen gekommen war, sprang er heraus und trat die Tür hinter sich zu. Vorne im Laden waren die Lichter zwar aus, aber er konnte sehen, dass hinten, wo sich der Sandwichladen befand, die Lichter brannten. Er umrundete das alte Haus und begab sich zur Hintertür. Als er davorstand, zog sich seine Brust zusammen. In dem Jahr, in dem sie zusammengekommen waren, musste er hier in der Dunkelheit ein paar hundert Mal gestanden haben. Hier hatte er sie immer abgeholt und wieder zurückgebracht. Er schüttelte sich innerlich. Auch wenn sein Löwe kurz davor war, die Tür einzuschlagen, musste er sich zusammenreißen. Roxanne hatte deutlich gemacht, dass sie Zeit brauchte, und das musste er auch respektieren.

Er holte tief Luft und klopfte an die Tür. Nach ein paar Augenblicken hörte er Schritte, die aus der Küche in den kurzen Flur kamen. Dann öffnete sich die Tür und Roxanne stand da. Das Licht aus dem Flur beleuchtete sie, während es draußen schon dunkel war. Ihre Augen weiteten sich, als sie ihn sah.

„Hey, ich habe mich gerade gefragt, wer hier an die Tür klopfen würde. Dabei hätte ich mir denken können, dass du es bist", begrüßte sie ihn.

„Ja, ich bin's. Ich, äh, musste dich unbedingt sehen." Seine Worte klangen rau und heiser. Er unterdrückte den Drang, einfach reinzustürmen und sie in seine Arme zu ziehen.

Ihr Blick schweifte über ihn. Ihr Haar war wie immer zu einem Knoten gebunden und wurde von einem Stift mit einer leuchtend rosa Kugel am Ende zusammengehalten. Diese neckische Note brachte ihn zum Lächeln, denn er wusste, dass Roxanne dieses kleine Detail wahrscheinlich gar nicht mitbekommen hatte. Sie hatte sich einfach den erstbesten Stift geschnappt, als sie ihr Haar hochgebunden hatte. Sie trug eine Schürze über einem taillierten blauen T-Shirt und Jeans. Seit Roxanne hatte er Schürzen immer als besonders anziehend empfunden. Bei ihr betonte die Schürze unbeabsichtigt ihre üppigen Brüste. Sein Körper spannte sich an, als er sie ansah, und Sehnsucht durchflutete ihn. Sie schien über etwas nachzudenken, aber dann trat sie einen Schritt zurück und bedeutete ihm, einzutreten. Er folgte ihr in den Flur und war erleichtert, dass sie ihn nicht abgewiesen hatte.

„Du kannst dich gerne in der Küche aufhalten,

während ich backe. Ich muss das Gebäck für morgen früh vorbereiten."

Max war froh über jeden Augenblick, den Roxanne ihm schenkte, und folgte ihr durch den Flur in die Küche der Feinkostabteilung. Sie deutete auf einen Hocker neben dem Edelstahltisch in der Mitte der Küche, auf dem sie gerade Mehl, Schüsseln mit Teig und andere Dinge verteilt hatte. „Setz dich. Möchtest du etwas trinken?"

Erst auf ihre Frage hin merkte er, dass er mächtig durstig war, was wahrscheinlich an seinem stundenlangen Lauf durch die Berge in Löwengestalt lag. Als er nickte, deutete sie auf den riesigen Kühlschrank an der hinteren Wand. „Sieh nach, was du finden kannst. Wie immer haben wir alle Arten von Säften. Allerdings habe ich die Limonadenmaschine abgestellt, also musst du dich mit etwas anderem begnügen, wenn du das gewollt hättest."

Er schlenderte zum Kühlschrank und schnappte sich eine Flasche Cranberry-Apfelsaft. Als er sich wieder umdrehte, durchfuhr ihn eine Welle von Gefühlen. Dieser Augenblick war wie so viele, die sie schon gemeinsam erlebt hatten. Er schaffte es gerade noch so zum Hocker und setzte sich ihr gegenüber, wo sie den Teig ausrollte und Formen ausschnitt. Er beobachtete sie schweigend, während sie ein ganzes Tablett mit fein säuberlich zugeschnittenen Dreiecken mit Spinat und Feta füllte und sie zusammenfaltete. Bevor sie fragen konnte, schnappte er sich das Tablett und trug es zu einem Kühlschrank, in dem sich Ablagen für Tabletts befanden. Das hatte er schon oft für sie getan. Als er zu seinem Platz zurückkehrte, stand sie regungslos am Tisch. Sie blickte zu ihm herüber, und ihre Augen schimmerten so hell, dass er dachte, es seien Tränen.

Er wollte sich schon um den Tisch herumbewegen, doch sie wies ihn ab. „Nein, nein." Sie hielt inne und wischte sich mit dem Ärmel über das Gesicht. „Das ist ... Keine Ahnung. Es ist so seltsam, dich hier zu haben. Es ist, als wärst du nie weg gewesen. Aber das warst du und jetzt habe ich keine Ahnung, was ich tun soll."

Er wollte sich erneut auf sie zubewegen, aber sie hielt ihre Hand in die Luft. „Nein! Komm jetzt bloß nicht her und umarme mich, das macht doch alles nur noch schlimmer."

Er musste sich körperlich dazu zwingen, innezuhalten. Es tat weh, dass sie ihn von sich stieß, aber es würde auch nicht helfen, sich dagegen zur Wehr zu setzen. Mit einem tiefen Atemzug ließ er seine Hüften wieder auf den Hocker sinken und behielt sie genau im Auge, während er sich mit einer derartig unbändigen Kraft daran hindern musste, zu ihr zu gehen, wie er das noch nie in seinem Leben getan hatte. Sie fing wieder an, Teig zu rollen, und schnitt diesmal kleine Kreise zu. Nach einigen ruhigen Augenblicken ergriff sie wieder das Wort. „Woher weißt du eigentlich, dass du dir nicht bloß wünschst, die Vergangenheit wäre die Gegenwart? Ich meine, selbst wenn nicht alles so gelaufen wäre, wissen wir doch gar nicht, ob wir dann überhaupt noch zusammengeblieben wären. Vielleicht sind wir nur deshalb so aufgewühlt, weil es so geendet hat. Woher weißt du, ob das, was du fühlst, wirklich echt ist?" Sie blickte nicht auf, sondern rollte den Teig weiter aus und schnitt ihn in Kreise.

„Weil ich es einfach weiß. Es ist ja nicht so, dass ich weggegangen bin und dich vergessen habe. Ich habe nie aufgehört, dich zu vermissen. Hast du etwa Angst, dass es für dich nicht echt ist?"

Sie hob ihren Blick und verdrehte die Augen, was ihm ein Lächeln entlockte. Er hatte schon immer gemocht, dass sie sich mit einem Lachen über alles hinwegsetzen konnte. „Wahrscheinlich schon, sonst würde ich ja nicht fragen."

Er wartete ab, ob sie noch etwas sagen wollte, bevor er wieder das Wort ergriff. „Roxy, ich kann nur sagen, was ich fühle. Es gibt nicht einmal einen winzigen Teil von mir, der an meinen Gefühlen für dich zweifelt. Ich habe dich damals geliebt und ich liebe dich auch jetzt. Aber ich kann ja verstehen, dass du Zeit brauchst, und deshalb warte ich."

Sie legte das Nudelholz beiseite, um die Teigkreise vorsichtig auf ein anderes Tablett zu legen. „Ja, aber woher weißt du, was dann geschieht? Was ist, wenn du irgendwann feststellst, dass ich gar nicht so toll bin, wie du immer gedacht hast? Was, wenn ...""

Da konnte er sich nicht mehr zurückhalten und unterbrach sie. „Wenn ich du wäre, hätte ich jede Menge Zweifel. Ich mache dir ja gar keine Vorwürfe wegen all der Was-wäre-wenn-Fragen, aber ich kann sie auch nicht beantworten. Ich habe dich einmal verlassen. Auch wenn ich jung war und es wegen der vielen anderen Ereignisse ein ziemliches Durcheinander war – es ist passiert. Aber jetzt würde ich dir so gerne zeigen, dass ich für dich da bin und nicht vorhabe, wieder abzuhauen."

Sie schwieg, während sie sich vorbeugte, um kleine Löffel einer anderen Füllung auf den Teigkreisen zu verteilen. Dabei fiel ihr eine lose Haarsträhne nach vorne und sie strich sie mit ihrem Handgelenk beiseite. Ohne groß darüber nachzudenken, steckte er sie ihr hinters Ohr. Daraufhin holte sie scharf Luft. Sie hielt einen Augenblick in ihrer Arbeit inne und machte dann weiter. Er ließ seine Hand sinken und nahm einen langen Schluck Saft.

Als sie begann, den Teig zusammenzudrücken,

ergriff sie wieder das Wort. „Siehst du, es sind solche Kleinigkeiten. Das macht mich noch ganz wahnsinnig.“

„Was macht dich wahnsinnig?“, fragte er und rang nach Geduld. Er hätte so gerne ihren Widerstand überwunden, aber er wusste, dass er damit die einzige Hoffnung verspielen würde, die er bei ihr hatte.

„Es ist, als wärst du nie weg gewesen. Früher hast du mir immer Gesellschaft geleistet, wenn ich nach der Schule und abends hier gearbeitet habe.“ Ihre Augen leuchteten wieder auf und eine Träne kullerte über ihre Wange. „Du erzählst mir, dass du mich liebst, als sollte ich einfach glauben, dass alles gut wird. Aber was ist, wenn irgendwas passiert und du wieder fortgehst? Damit komme ich nicht klar. Ich fühle mich total daneben, weil ich so gar nicht bin. Du kennst mich seit fünfzehn Jahren nicht mehr. Ich bin kein unbeholfenes siebzehnjähriges Mädchen mehr. Ich führe den Laden seit Jahren allein. Ich bin verdammt unabhängig und ich hätte nie erwartet, dass ich mir jemals wieder solche Gedanken machen müsste. Das ist alles viel zu kompliziert. Und das gefällt mir ganz und gar nicht“, erklärte sie, fuhr sich mit dem Ärmel über das Gesicht und hinterließ eine Mehlspur auf ihrer Wange.

Verdammt, sie war einfach großartig. Obwohl er sich eigentlich Gedanken über ihre Zurückhaltung machen sollte, erregten ihr Temperament und ihr starker Wille sein Verlangen nach ihr nur noch mehr. Er betrachtete sie und versuchte, seine Gedanken zu sammeln. „Roxy, ich kann dir nur versichern, dass ich nirgendwo hingehen werde. Es gibt nichts, was mich zum Gehen bewegen könnte. Selbst wenn Wallace noch der inoffizielle König von Catamount wäre, würde ich nicht verschwinden. Ich bin hier und ich werde so lange warten, wie ich muss.“

Sie holte tief Luft und stieß sie in einem langen Seufzer aus. „Es würde schon helfen, wenn du dich innerlich so durchgeknallt fühlen würdest wie ich“, meinte sie und verdrehte die Augen.

„Glaubst du, ich fühle mich nicht auch so?“ Er erhob sich vom Hocker und kam um den Tisch herum zu ihr. „Es ist kein Tag vergangen, an dem ich nicht an dich gedacht habe. Ich weiß seit Jahren, dass ich es vermasselt und dich tief verletzt habe. Die Gründe dafür sind eigentlich egal, es war, wie es war. Ich bin halb verrückt nach dir und ich gebe mir größte Mühe, dich nicht jedes Mal anzufassen, wenn ich dich sehe.“

Er griff nach ihrer Seite, drehte sie zu sich und legte ihre Hand auf seine pochende, harte Länge. „Ich bin innerlich und äußerlich völlig durchgeknallt“, knurrte er fast. „Ich will dich, wie ich noch nie jemanden gewollt habe und es ist viel schlimmer als früher. Glaub mir, ich fühle mich schrecklich, weil ich dich nicht einfach über meine Schulter werfen und mit dir davonfahren kann, wenn ich dich sehe. Vom Verstand her verstehe ich natürlich, dass du Zeit brauchst und ich dir diese Zeit geben muss, aber mich macht das völlig verrückt.“

Er stand vor ihr, sein Herz hämmerte gegen seine Rippen und sein Schwanz war so hart, dass er ihm schon fast wehtat. Dass sie ihre Hand nicht weggezogen hatte, machte es nur noch schlimmer. Ihre Augen waren weit aufgerissen, während sie ihn musterte. Langsam hob sich ihr Mundwinkel zu einem Grinsen. „Na gut, vielleicht stecken wir also gemeinsam in diesem Wahnsinn.“ Dann drückte sie ihn sanft, bevor sie ihre Hand wegzog. Anschließend widmete sie sich wieder ihren Backwaren.

KAPITEL NEUN

Roxanne beugte sich vor und schnappte sich die Weinflasche, die in der Mitte des Tisches in Phoebes Küche stand. Schnell füllte sie ihr Glas und warf einen Blick zu Chloe Ashworth, die neben ihr saß. „Möchtest du auch was?"

Chloe hielt ihr Glas hoch. „Danke", erwiderte sie grinsend und ihre grünen Augen funkelten.

Chloe war mit Dane Ashworth verheiratet und hatte sich schnell in ihre kleine Gruppe eingefunden. Da Shana Danes Schwester war, empfand Roxanne es als glücklichen Umstand, dass Chloe so gut in die Gruppe passte. Die Ashworths waren eine weitere der Gründerfamilien der Shifter. Neben Roxannes Familie und den Norths waren die Peytons die einzige der vier Familien, die sich von den anderen fernhielt. Roxanne ließ ihren Blick über den Tisch zu ihren Freunden schweifen. Phoebe war gerade an der Theke beschäftigt. Sie hatte Jake North geheiratet und alle hatten erleichtert aufgeatmet, da die beiden schon ewig ineinander verliebt gewesen waren. Jakes Schwester Lily saß Roxanne gegenüber und knabberte fleißig an

Tortillachips, während Shana ihr von den neuesten Zwischenfällen im Krankenhaus erzählte, wo kürzlich ein Kater den Weg in die Waschküche gefunden hatte.

„Im Ernst, du hättest diesen Kater sehen sollen. Vier Tage lang hat er immer wieder den Weg nach drinnen gefunden und in der sauberen Wäsche gepennt. Man weiß immer noch nicht, wie er überhaupt reingekommen ist. Wir haben ihn schließlich Laundry genannt und Rosie hat ihn mit nach Hause genommen", erzählte Shana lachend.

Lily grinste und griff nach ihrem Weinglas. Als sie feststellte, dass ihr Glas leer war, blickte sie sich sofort um.

„Suchst du die hier?", fragte Roxanne und hielt die Flasche in die Höhe.

Lily nickte, ihr goldbraunes Haar hing ihr locker um die Schultern. „Genau."

Roxanne reichte ihr die Weinflasche über den Tisch. Die Gespräche um sie herum gingen weiter, während sie an Max dachte und sich fragte, ob ihr Leben vielleicht doch einen ganz anderen Verlauf nehmen würde, als sie sich vorgestellt hatte. In den letzten Jahren hatten alle ihre engsten Freundinnen die Liebe ihres Lebens gefunden. Chloe war in Catamount geblieben, nachdem sie auf dem Appalachian Trail hierher gewandert war und sich Hals über Kopf in Dane verliebt hatte. Phoebe und Jake hatten einander endlich eingestanden, dass sie füreinander bestimmt waren. Lily hatte aufgehört, die schüchterne Computerspezialistin zu spielen und hatte sich von Noah Jasper um den Finger wickeln lassen. Sogar Shana hatte den tragischen Verrat und den anschließenden Tod von Callen Peyton, ihrem ersten Ehemann und dem Shifter, der den Schmugglerring nach Catamount gebracht hatte, überwunden. Während der

Ermittlungen gegen das Schmugglernetzwerk war Shana auf eigene Faust nach Montana aufgebrochen und hatte dort Hayden Thorne kennengelernt, einen einflussreichen Shifter aus Montana, der ihr schließlich zurück nach Catamount gefolgt war.

In den Jahren, nachdem Max sie verlassen hatte, hatte Roxanne hier und da versucht, ein Date zu ergattern. Doch jeder Versuch war enttäuschend gewesen. Schließlich hatte sie beschlossen, dass es ihr besserging, wenn sie einfach ihre Unabhängigkeit genoss. Ihr Laden war ein zentraler Treffpunkt in der Stadt, und sie war stolz auf ihre Rolle in Catamount – sie führte das Erbe ihrer Familie fort. Sie hatte tolle Freunde und ein erfülltes Leben. Obwohl sie mitansehen musste, wie eine Freundin nach der anderen ihr Glück gefunden hatte, sehnte sie sich nicht nach so etwas für sich selbst. Bis Max in die Stadt zurückgekehrt war. Dieser verdammte Mistkerl. Er hatte sie so in seinen Bann gezogen wie niemand zuvor. Dabei hatte sie gedacht, dass sie ein für alle Mal über ihn hinweg gewesen wäre. Ihre Gedanken schweiften zurück zur letzten Nacht in der Küche des Feinkostladens, als er ihre Hand gepackt hatte und sie auf seinen Schwanz gelegt hatte. Heilige Scheiße. Allein der Gedanke daran löste eine heftige Erregung in ihr aus. Ihr Kanal krampfte sich zusammen und sie musste ihre Beine bewegen, schlug sie übereinander und löste sie wieder.

Phoebe wandte sich vom Tresen ab und hielt eine Platte mit Häppchen in der Hand. „Lasst mich mal durch, bitte“, bat sie die anderen. Lily schob ihren Stuhl zur Seite, um Platz zwischen ihr und Shana zu machen. Phoebe stellte die Platte auf den Tisch und wandte sich ab, um nach einem kleinen Stapel Teller an der Ecke des Tresens zu greifen. „So, bitte schön. Und alles brav aufessen“, verkündete sie lächelnd und ließ sich auf den Stuhl zwischen Shana und Lily sinken.

Ein paar Augenblicke lang kamen die Gespräche ins Stocken, während sie ihre Teller mit Phoebes Leckereien füllten. Sie war eine hervorragende Köchin und jedes Mal, wenn sie mit dem Essen an der Reihe war, waren alle begeistert. Ihr Freundeskreis traf sich wöchentlich zum gemeinsamen Abendessen. Roxanne nahm einen Bissen von einem fluffigen Gebäck und seufzte. Dann warf sie Phoebe einen Blick zu. „Oje. Die sind sooo gut. Was ist das für eine Füllung?"

Phoebe grinste und ihre dunklen Augen leuchteten. „Eine Artischockenfüllung mit Frischkäse und Estragon. Die solltest du mal im Laden probieren."

„Vielleicht werde ich das wirklich."

Während sie aßen, unterhielten sie sich zwanglos. Sie waren alle erleichtert, dass das Schmugglernetzwerk zerschlagen worden war, denn so konnten sie bei ihren Treffen auch mal über etwas Anderes reden als darüber. Chloe erzählte ihnen von Dane juniors neuestem Missgeschick. „Ich schwöre, es ist ein Wunder, dass er sich noch keine Knochen gebrochen hat. Er hat versucht, das Geländer hochzuklettern. Zum Glück ist er gleich wieder runtergefallen, aber ihr wisst ja, wie hoch das alte Geländer ist!"

Shana gluckste. „Ich glaube, ich bin erleichtert, dass wir ein kleines Mädchen haben. Sophie ist nicht annähernd so ungestüm wie er."

Chloe zuckte mit den Schultern. „Er ist schon ziemlich wild, aber ich liebe ihn über alles. Außerdem könntest du, wenn du noch mehr Kinder bekommst, selbst einen Wildfang abkriegen."

Roxannes Herz setzte einen Schlag aus. Den Traum von einer eigenen Familie hatte sie schon vor Jahren aufgegeben und jetzt spielte sie gerne die Lieblingstante für die Kinder ihrer Freundinnen. Nun, da Max wieder in Catamount war und stets beteuerte, dass er sie liebte, stiegen alte Träume aus der Asche auf. Mit zweiunddreißig Jahren hatte das Rad ihres Lebens eine andere Richtung eingeschlagen, und sie wusste nicht, was es für sie bereithielt. Plötzlich rief jemand ihren Namen und riss sie aus ihrer seltsamen Träumerei.

„Hm?", fragte sie und ließ ihre Augen über den Tisch wandern.

„Wer ist Max?", fragte Chloe und strich sich ihr honigblondes Haar hinter die Schultern.

Roxanne sprang fast von ihrem Platz auf. Sie reagierte immer so überempfindlich auf seinen Namen. Chloe war die einzige Freundin hier, die nicht mit ihnen auf der Highschool gewesen war. Die anderen wussten, wer Max war und was er für Roxanne bedeutet hatte. Sie errötete. *Mach dich doch nicht so lächerlich wegen ihm. Max bleibt hier, sagt er jedenfalls, und du solltest dich lieber daran gewöhnen, dass man dich nach ihm fragt.* Sie holte tief Luft und warf Chloe einen Blick zu.

„Er ist ein alter Freund, der gerade zurück nach Catamount gezogen ist", antwortete sie schließlich.

Chloe blickte verdutzt drein. „Aber warum fragen mich dann alle nach dir und ihm? Das hört sich nicht gerade nach einer großen Sache an."

Da errötete Roxanne noch mehr und sah sich am Tisch um. Lily fing ihren Blick auf, ihre blauen Augen wirkten warm und verständnisvoll. Shana schien mit dem Stiel ihres Weinglases beschäftigt zu sein, während Phoebes wissender, dunkler Blick Roxannes Blick festhielt. Phoebe war eine mutige Persönlichkeit, die vor nichts zurückschreckte. Ihr Blick wurde sanfter, als sie Roxanne ansah. Dann schaute sie zu Chloe. „Man kann Max als alten Freund bezeichnen. Wenn du dich fragst, warum die Leute nach ihm und Roxanne fragen, liegt das wohl daran, dass sie in der Highschool unsterblich ineinander verliebt waren. Wir haben alle gedacht, dass sie für immer zusammen sein würden, aber dann ist Max' Mutter nach dem Tod seines Vaters weggezogen. Max hat mit Roxanne Schluss gemacht und das war's. Und jetzt ist er wieder in der Stadt." Sie blickte zurück zu Roxanne. „Ich dachte mir, ich erspare dir die Erklärungen."

Roxanne nahm einen Schluck Wein. „Kein Problem. Es ist, wie es ist." Dann wandte sie sich an Chloe. „Ja, das ist also Max. Ich habe nie erwartet, ihn wiederzusehen, deshalb ist das alles auch etwas seltsam."

Chloe nickte langsam. „Ich wollte kein heikles Thema ansprechen."

Roxanne zuckte mit den Schultern. „Schon gut. Max ist nun mal hier und behauptet, dass er auch in Zukunft hierbleiben wird, also sollte ich mich besser daran gewöhnen. Aber ... eine Hälfte von mir wünscht sich, er wäre nie wieder hier aufgetaucht. Und die andere Hälfte wünscht sich, er wäre nie weggegangen."

Chloes Augen weiteten sich. „Ach. So ist das also?"

Roxanne verdrehte die Augen und nahm einen weiteren Schluck Wein. „Ja. So ist das."

Lily fing Roxannes Blick auf. „Ich wollte dir übrigens erzählen, dass ich heute Max getroffen habe."

„Ach ja? Wo denn?"

„Auf dem Polizeirevier. Ich war dort, um an ihrem Server zu arbeiten. Anscheinend bist du dir nicht ganz sicher, was du möchtest, aber Max ist sich seiner Sache ziemlich sicher."

Roxannes Magen kribbelte und ihr Herz krampfte

sich zusammen. „Meine Güte, was hat er denn zu dir gesagt?"

Lily lächelte sanft. „Nun, er war damals zwar in dich verliebt, aber er war auch mit uns anderen befreundet. Also hat er mich begrüßt und mir erzählt, dass er zurückgekommen ist, weil er hofft, bei dir zu landen." Nach einer Pause ließ sie ihren Blick über Roxannes Gesicht schweifen. „Wenn du mich fragst, meint er es völlig ernst. Ich weiß, dass es furchtbar war, nachdem er gegangen ist, aber ich hoffe, du lässt dich davon nicht unterkriegen."

Roxanne brach fast in Tränen aus. Lily, die zurückhaltende, kluge Computerprogrammiererin, hatte es einfach auf den Punkt gebracht. Als sie Roxannes Gesichtsausdruck sah, beugte sie sich vor, legte ihren Arm um Roxannes Schultern und drückte sie kurz. „Ich wollte dich nicht aus der Fassung bringen."

Roxanne zuckte mit den Schultern und schnappte nach Luft. „Schon gut. Phoebe hat schon gehört, wie ich über Max gelabert habe. Es kommt einfach alles so unerwartet. Ich brauche einfach etwas Zeit. Er ist sich zwar so sicher, dass er mich liebt, aber ich weiß nicht, ob das einfach nur alte Erinnerungen sind oder nicht."

Lily lehnte sich in ihrem Stuhl zurück und nickte andächtig. Da meldete sich Phoebe zu Wort. „Du musst nichts überstürzen, aber sei nicht so dumm, wie ich fast."

„Wie meinst du das?", fragte Roxanne.

„Du weißt ja, wie es mir mit Jake ergangen ist. Ich habe fast nicht daran geglaubt, dass es mit uns klappen könnte. Ich kann ja verstehen, dass du bei Max vorsichtig bist, aber sei doch nicht so ein Sturkopf."

Shana grinste. „Roxanne ist der geborene Sturkopf."

Roxanne funkelte sie an. „Hey, ich habe ihn noch

nicht aus der Stadt gejagt, also bin ich offensichtlich nicht so schlimm.“

„Genau. Deshalb gehe ich ja auch davon aus, dass du das für dich selbst herausfinden wirst“, erklärte Phoebe entschieden.

———

Stunden später spazierte Roxanne die Straße entlang, während die Weihnachtsbeleuchtung der Stadt ihren Weg nach Hause erhellte. Sie war erleichtert, dass sie zum Abendessen bei Phoebe nicht gefahren war, denn sie war leicht beschwipst vom Wein. Chloe hatte ihr zwar vorgeschlagen, sie nach Hause zu fahren, aber Roxanne wollte an die frische Luft und hatte darauf bestanden, von Chloe am Stadtrand abgesetzt zu werden. Die Luft lag knapp über dem Gefrierpunkt. Roxanne hätte sich nicht gewundert, wenn es bald zu schneien anfangen würde. Sie bog in einen der Wege ein, die in den Stadtpark führten, und spazierte auf den Weihnachtsbaum der Stadt zu. Die Lichter funkelten hell in der Dunkelheit. Als sie den Baum erreichte, hielt sie inne und hob den Blick zum Himmel. Sie erinnerte sich an Weihnachten in dem Jahr, bevor Max sie verlassen hatte. Er hatte ihr ein Geschenk besorgt und es genau unter diesem Baum versteckt. Sie wusste nicht einmal mehr, was das Geschenk war, aber sie erinnerte sich, dass er sie hierhergeschleppt hatte, um es ihr zu überreichen. An Heiligabend hatte es geschneit. Als sie wieder ins Haus zurückkehrten, waren sie mit Schnee bedeckt und mussten laut lachen. Bei dieser Erinnerung krampfte sich ihr Herz zusammen und Gefühle übermannten sie. Sie schloss die Augen und atmete tief die kühle Luft ein.

Als sie Schritte hörte, die sich näherten, öffnete sie die Augen und schaute über ihre Schulter. Wie von Geisterhand kam Max auf sie zu, die Hände in den Taschen seiner Jeansjacke. Langsam gewöhnte sie sich an die Wirkung, die er auf sie hatte. Ihr Puls schoss in die Höhe und Hitze schoss durch ihre Adern. Ihre Katze schnurrte fast bei seinem Anblick, seinem selbstbewussten Schritt und der Energie, die er ausstrahlte. Als er vor ihr zum Stillstand kam, stockte ihr der Atem. „Ich habe gedacht, ich hätte dich auf der Straße gesehen", erklärte er mit leiser Stimme.

„Oh. Ähm, wo warst du?"

„Im Inn, gleich die Straße runter. Das Haus ist noch nicht ganz fertig, damit ich einziehen kann."

„Oh."

Also normalerweise ist dein Wortschatz ein bisschen umfangreicher als 'oh'.

Halt die Klappe, schnauzte sie ihre innere Kritikerin an.

„Läufst du normalerweise so spät noch durch die Stadt?", fragte Max und verzog seinen Mund zu einem Lächeln.

„Nicht allzu oft. Aber ich war bei Freundinnen zum Abendessen und wollte etwas frische Luft schnappen."

Während ihre Worte ruhig und gefasst klangen, brodelte es in ihrem Inneren gewaltig. Ihr Bauch kribbelte und ihr Verlangen krampfte sich in ihr zusammen. Seine Nähe brachte sie fast zum Schmelzen.

Er nickte und neigte seinen Kopf zur Seite. „Erinnerst du dich …?"

Sie nickte schnell, bevor er seine Frage beenden konnte.

Seine Augen blickten sie an, goldbraun im sanften

Schein der Lichter des Weihnachtsbaums. „Woher hast du gewusst, was ich fragen wollte?"

Ihr Herz schlug schnell und heftig und sie atmete tief durch. „Keine Ahnung. Ich hatte gedacht, du würdest nach der Zeit fragen, als du mein Weihnachtsgeschenk hier versteckt hast."

„Das stimmt." Seine Worte waren sanft und heiser.

Sein Blick blieb auf ihr haften. Dann machte er einen Schritt auf sie zu und kam ihr bis auf wenige Zentimeter nahe. Sie konnte förmlich seine Hitze spüren. Sie schnappte nach Luft, ihre Brüste hoben sich mit ihrem Atem und berührten seinen Oberkörper.

Max hob eine Hand und fuhr mit einem Finger an ihrem Kinn entlang. Bei dieser sanften Berührung vibrierte sie fast vor Verlangen. „Max ..." Sein Name drang unwillkürlich über ihre Lippen.

Er kam ganz nah an sie heran, legte seinen Arm um ihre Taille und drückte sie an sich, während er seinen Kopf senkte und seinen Mund auf den ihren legte. In dem Augenblick, in dem seine Lippen ihre berührten, war es, als wäre sie in ein Feuer eingetaucht. Seine Zunge drang mit mutigen, kräftigen Stößen in ihren Mund ein. Sie erwiderte jede seiner Berührungen und wölbte sich ihm entgegen. Als er sich zurückzog, war sie selbst überrascht, dass sie nicht in sich zusammensackte.

Er blickte auf sie herab und sein Atem ging stoßweise. Die Luft um sie herum war feucht von Nebel. „Ich ..."

Da unterbrach sie ihn. „Komm schon", rief sie, ergriff eine seiner Hände und drehte sich weg. Mit schnellen Schritten überquerte sie die Wiese und zog ihn mit sich. Er tat es ihr gleich, bis sie fast über die Straße gerannt waren. Sie führte ihn zum hinteren Teil des Ladens und tastete nach ihren Schlüsseln, bevor sie die Tür aufschließen konnte. Er stieß sie hinter ihnen zu und drehte sie herum. Mit dem Rücken zur Wand blickte sie zu ihm auf. Er stützte seine Ellbogen auf beide Seiten ihres Kopfes und strich ihr die Haare aus dem Gesicht.

„Du hast ja keine Vorstellung, was du mit mir anstellst“, flüsterte er rau.

Sie strich mit einer Hand zwischen ihnen beiden über seinen harten Schwanz und ließ sie auf und abgleiten. „Ich denke schon“, erwiderte sie mit einem verschmitzten Lächeln. In ihr heftiges Verlangen mischte sich die alte Verspieltheit, die sie bei ihm immer empfand.

Sein Lachen wurde von einem Stöhnen unterbrochen. „Na gut, vielleicht tust du das ja wirklich.“

Daraufhin drehte er seinen Kopf und biss in ihr Ohrläppchen, was ihr einen heißen Schauer über den Rücken jagte. Von dort aus wanderte er mit Küssen über ihren Hals. Sie fing an, an seiner Kleidung zu zerren, streifte ihm die Jacke von den Schultern und fummelte an den Knöpfen seiner Jeans herum. Er trat zurück, seine Lippen wanderten an ihrem Schlüsselbein entlang und er schob ihre Jacke beiseite. Im schummrigen Flur türmten sich ihre Klamotten auf dem Boden, bis er sie an sich drückte und ihre Brüste an seinen muskulösen Oberkörper schmiegte. Sie stöhnte seinen Namen, während er seine Hüften gegen sie wölbte und sein heißes Glied gegen ihre Klitoris drückte, sodass sie vor Lust schier übersprudelte.

KAPITEL ZEHN

Max löste seinen Mund von Roxys Hals und hob seinen Blick, als sein Name in einem gehauchten Stöhnen erklang. Ihr Kopf war nach hinten gegen die Wand gelehnt, ihr Haar war ein wildes Wirrwarr um ihr Gesicht. Die Lust pochte so heftig und schnell in ihm, dass er es kaum aushalten konnte. Als ob sie seinen Blick gespürt hätte, öffnete sie ihre Augen und begegnete ihm. Wieder bewegte sie ihre Hüften. Er unterdrückte ein Stöhnen und nahm sie in seine Arme. Sie befreite sich, rutschte mit dem Rücken an der Wand entlang und schob seine Jeans und Unterhose um seine Hüften. Bevor er auch nur einen Gedanken fassen konnte, umspielte sie schon mit ihrer Zunge seine Eichel und nahm ihn in ihren Mund.

Seine Handfläche klatschte gegen die Wand, während er darum rang, sich aufrecht zu halten, und sie ihn weiter in den Wahnsinn trieb. Sie erkundete ihn mit ihrer Zunge und ihrem Mund, leckte, streichelte und saugte, bis er dachte, er würde explodieren. Dann zog sie sich zurück, ihre Zunge glitt an der Unterseite seines Schwanzes entlang und sie hielt inne.

Er schaffte es, seine Augen zu öffnen und nach unten zu blicken. Bei ihrem Anblick wäre er fast auf der Stelle gekommen. Ihre Lippen waren angeschwollen, ihre Augen schimmerten im schummrigen Licht des Flurs und ihre Brustwarzen ragten in die Höhe. Er konnte sich gerade noch zurückhalten und griff nach ihr, zog sie ruckartig hoch und riss ihr die Jeans herunter. Sie stieß sie von sich, während er sie an sich drückte.

Nachdem er den Seidenstoff zwischen ihren Schenkeln beiseitegeschoben hatte, fuhr er mit seinen Fingern durch ihre geschmeidigen Schamlippen und stöhnte zufrieden, als er spürte, wie bereit sie war. Blind tastete er nach seinem Portemonnaie in der Hosentasche, woraufhin sie sich gegen ihn stemmte und ihre Hand um seinen Schwanz schlang. „Nicht", röchelte sie. „Ich nehme die Pille."

Er erstarrte und blickte sie an. „Bist du ...?"

„Ich bin gesund", antwortete sie, bevor er seine Frage beenden konnte. „Ich möchte dich unbedingt spüren", flüsterte sie und der Blick in ihren Augen nahm sein Herz gefangen.

Er zog sie in seine Arme, während sie ihn zu ihrem Kanal führte und dann ihre Hand beiseite zog. Einen Augenblick lang hielt er still und spürte ihren Puls an seiner Eichel. Fünfzehn Jahre lang hatte er sie nun vermisst, und er hätte sich nicht vorstellen können, wie heftig und vollkommen es sich anfühlen würde, wieder mit ihr zusammen zu sein. Er trat näher und drang ein kleines Stück in sie ein, während sie mit dem Rücken gegen die Wand stieß. Dann hielt er sie mit einer Hand fest, während sie ihre Beine um seine Hüften schlang, und strich ihr die Haare aus dem Gesicht, während er sich langsam ganz in sie schob. Langsam schloss sie ihre Augen.

„Roxy, sieh mich an." Seine Worte kamen rau heraus.

Ihre Augen flackerten wieder auf und trafen seinen Blick. Erst dann begann er sich zu bewegen und wiegte sich langsam gegen sie. Sie beugte sich seinem Griff und erwiderte jede Bewegung seiner Hüften mit ihren eigenen. Ihr geschmeidiger Kanal pochte um ihn herum und umklammerte seinen Schaft wieder und wieder. Ihr Atem ging rasend schnell, und der kurze Flur war erfüllt von Keuchen, Stöhnen und Wimmern. Er spürte, wie sie sich zu verkrampfen begann, griff zwischen sie und fuhr mit dem Daumen über ihre Klitoris. Ihr Kopf fiel nach hinten, sie schrie laut auf, und schließlich ließ er alles los und ergoss sich in sie.

Er hielt sie fest, während sich sein Körper langsam entspannte. Ihre Beine lockerten sich und baumelten neben seinen Hüften herunter. Er legte seine Stirn in ihre Halsbeuge und atmete ihren Duft ein. Egal zu welcher Zeit oder an welchem Ort, sie trug immer den feinen Duft von Backwaren in sich – einen zuckrigen, zimtigen Duft. Ihre Haut war feucht auf seiner. Sie streichelte sanft sein Haar, und der Löwe in ihm schnurrte zufrieden. Nach einigen langen Augenblicken spürte er, wie sich eine Gänsehaut über ihre Haut legte. Der Flur war leicht kühl. Er hob den Kopf und sah sie an.

„Vielleicht sollten wir irgendwo hingehen, wo es etwas wärmer ist", schlug er vor.

Er wollte es nicht zu weit treiben, aber er hoffte inständig, dass sie sich nicht gleich wieder losreißen und ihn wegschicken würde. Erleichtert atmete er auf, als sich ihr Mund zu einem kleinen Lächeln verzog.

„Das sollten wir", antwortete sie und schmiegte sich leicht an ihn.

———

Roxanne öffnete langsam ihre Augen. Die Sonne war noch nicht ganz aufgegangen, aber das Schlafzimmer war schon schwach beleuchtet. Die Morgendämmerung brach an, und sie musste in die Küche. Die Morgenstunden gehörten schon so lange zu ihrem Leben, dass es ihr leichtfiel, aufzustehen, egal wie spät es war und wie wenig Schlaf sie in der Nacht zuvor auch gehabt hatte. Doch an diesem Morgen, als sie ihren Kopf an Max' Schulter gelehnt hatte und sein Arm sie fest an sich drückte, wollte sie nicht aufstehen. Sie wollte genau hier bleiben und jeden Atemzug genießen. Ihre Handfläche war während ihres Schlafs auf seiner Brust gelandet und sie erkundete gedankenverloren die Muskelpartien. Nicht, dass sie vergessen hätte, dass er einen umwerfenden Körper hatte, aber sie waren damals noch jung gewesen. Sein schlaksiger Körperbau war fülliger und kräftiger geworden. Er hatte den Körper eines Shifters – reine Muskelkraft in menschlicher Form.

„Hey, du."

Beim Klang seiner heiseren Worte blickte sie auf und sah, dass er die Augen geöffnet hatte. Sein bräunlicher, bernsteinfarbener Blick hielt sie fest. Ihr Herz krampfte sich zusammen und ihr Bauch kribbelte. „Guten Morgen", brachte sie schließlich hervor.

Seine Mundwinkel verzogen sich zu einem halben Grinsen. „Das ist in der Tat ein guter Morgen", bestätigte er mit festerer Stimme. „Ich nehme an, du musst bald in die Küche."

Auf ihr Nicken hin bewegte er sich schnell. „Na gut, dann kümmere ich mich mal ganz schnell um was."

Sie quiekte, als er sich erhob und an ihrem Körper

hinunterglitt, wobei seine Handflächen die Kurve ihrer Hüften nachzeichneten und zwischen ihre Schenkel glitten. Brennendes Verlangen flammte in ihr auf. Er schob ihre Schenkel auseinander und fuhr mit einem Finger durch ihren Spalt. In nur wenigen Sekunden war sie klatschnass und keuchte nach ihm. Ihre Hüften wölbten sich unaufhörlich gegen seine Berührungen, als er einen Finger und dann einen weiteren in ihren Kanal gleiten ließ. Süße Schauer der Lust durchfuhren sie. Jedes Gefühl der Kontrolle ging verloren, als er seinen Mund an sie heranführte und seine Zunge sich der Erkundung durch seine Finger anschloss. Mit seiner feuchten Berührung zeichnete er ihre Falten nach, während seine Finger in ihren Kanal eindrangen und wieder herausfuhren. Ihr ganzer Körper summte vor Verlangen, sie war angespannt und sehnte sich nach Erlösung. Als er seine Zunge einmal um ihren Kitzler kreisen ließ, kam sie mit einem lauten Schrei, der im ganzen Raum widerhallte.

Während ihr Kanal immer noch pochte, erhob er sich und sein Mund wanderte ihren Körper hinauf. Als seine Lippen ihren Hals erreichten, war sie schon wieder völlig erregt. Sie schlang ihre Beine um seine Hüften und seufzte, als er in sie eindrang. Er stieß tief in sie hinein und hielt dann still. „Roxy, sieh mich an."

Auf seinen Befehl hin öffnete sie die Augen. Sein Blick brannte sich in sie ein, als er sich zu bewegen begann. Sie konnte den Blick nicht von der Nähe in seinen Augen abwenden. Er bewegte sich mit langsamen, bedächtigen Stößen und drang immer wieder tief in sie ein. Aus dem Nachhall ihres letzten Höhepunkts zog sich die Lust wie eine Spirale in ihr zusammen, bis sie sich erneut entlud. Sie stürzte sich in die pochende Erlösung. Noch einmal drang er tief in sie ein, sein

Körper spannte sich an und er rief ihren Namen, bevor er an ihr zusammensackte.

Sofort verlagerte er sein Gewicht auf ihre Seite. Sie lagen einige lange Augenblicke lang regungslos da, ihr Atem verlangsamte sich im Gleichklang. Schließlich schaffte sie es, die Augen zu öffnen. Er stützte sich auf einen Ellbogen. „Nochmals guten Morgen", grinste er.

Sie konnte ihr Lächeln nicht unterdrücken, ihr Herz war leicht und unbeschwert. „Ich muss jetzt wirklich aufstehen", stellte sie fest und versetzte ihm einen kleinen Schubs gegen die Brust. Er rutschte ein Stück zur Seite und folgte ihr dann unter die Dusche.

———

Stunden später, nachdem Max ihr eine gute Stunde lang in der Küche des Ladens geholfen hatte, bevor sie ihn mit einer frischen Tasse Kaffee weggeschickt hatte, stand Roxanne hinter der Kasse und konnte kaum noch an etwas anderes denken als an Max, während sie Bestellungen aufnahm. Praktischerweise machte sie das schon so lange, dass sie nicht mehr nachdenken musste, um zügig zu arbeiten. Sie überreichte einem Kunden das Wechselgeld und wandte sich schon an den nächsten. „Was darf es denn sein?", fragte sie, als sie die Schublade der Kasse schloss.

„Einen Kaffee", kam die flache Antwort.

Sie blickte auf und sah Brad Peyton auf der anderen Seite des Tresens stehen. Ein Anflug von Unsicherheit und Ärger stieg in ihr auf. Sie zwang sich zu einem neutralen Gesichtsausdruck. Brad war der einzige Peyton, der nicht mehr im Gefängnis saß. Er hatte es geschafft, einen Deal mit den Behörden auszuhandeln, indem er mit ihnen zusammenarbeitete. Sie hatte gehört, dass er vor etwa einem Monat entlassen worden war, aber sie hatte ihn noch nicht oft in der Stadt gesehen. Brads braune Augen musterten sie mit einem niedergeschlagenen Blick, in dem Bitterkeit mitschwang.

„Nur ein gewöhnlicher Kaffee?", fragte sie im Gegenzug.

Brad nickte, sein dunkles Haar fiel ihm über die Augen.

„Kommt sofort", antwortete sie und drehte sich um, um einen Pappbecher zu holen und ihm Kaffee einzuschenken.

Dann schob sie ihm den Becher über den Tresen. Brad reichte ihr einen Fünf-Dollar-Schein. Nachdem sie ihm das Wechselgeld gegeben hatte, steckte er es ein und nahm sich seinen Kaffee. Er hielt einen Augenblick inne, als würde er über etwas nachdenken. Sie wartete und fragte sich, was er wohl zu sagen hätte. Schließlich sah er ihr in die Augen. „Ich weiß, dass ich kaum Möglichkeiten habe, alles wieder gradezurücken, aber es tut mir leid, was meine Familie getan hat."

Seine Worte verblüfften sie und das sah man ihr wohl auch an. Er zuckte mit den Schultern und schüttelte langsam den Kopf. „Mein Dad ist ein Dreckschwein. Genauso wie Callen und Randall", stellte er verbittert fest. „Ich spiele hier jetzt nicht den Engel, aber ich habe einfach nicht gewusst, wie ich da wieder rauskomme, sobald ich erst einmal drinsteckte. Ich fühle mich beschissen wegen der ganzen Sache. Ich weiß, dass meine Entschuldigung vielleicht nicht viel bedeutet, aber ..." Er verstummte. Dann sah er sie entschieden an, als sei er wild entschlossen, nicht klein beizugeben.

Schließlich nickte sie langsam, erstaunt über seine Worte, und dachte darüber nach, wie schrecklich es wohl sein musste, in seiner Haut zu stecken. „Ich kann nicht behaupten, dass das, was deine Familie getan hat, nicht furchtbar war, denn das war es. Ihr habt alle Shifter in Gefahr gebracht, weil wir dadurch aufzufliegen drohten. Aber ich rechne dir hoch an, dass du mit der Polizei zusammengearbeitet hast, denn da warst du der Einzige." Dann hielt sie inne, musterte ihn und sah nichts als schmerzliches Bedauern in seinem Blick. „Warum ich?"

„Hm?"

„Warum entschuldigst du dich ausgerechnet bei mir?"

„Weil ich früher gerne hierhergekommen bin. Obwohl meine Familie so getan hat, als gehöre ihr diese verdammte Stadt, bist du immer noch nett zu mir gewesen. Und da die halbe Stadt nicht mit mir reden möchte, entschuldige ich mich, wann und wo ich kann. Danke, dass du mich nicht rausgeworfen hast."

Roxanne verspürte einen Stich des Mitgefühls für Brad, was sie nicht ganz glauben konnte. Nach allem, was seine Familie getan hatte, war es schwer, an Vergebung zu denken. Aber es war offensichtlich, dass Brad sich schlecht fühlte. Während sie ihn so betrachtete, dachte sie an Max und die Verdächtigungen im Zusammenhang mit dem Tod seines Vaters.

„Ich würde dich nicht rausschmeißen, auch wenn du dich nicht entschuldigen würdest. Ich bediene jeden, der durch diese Tür kommt. Aber ich habe eine Frage an dich, wenn es dir nichts ausmacht."

Brad schüttelte den Kopf. „Frag ruhig."

„Weißt du etwas darüber, was dein Dad damals gemacht hat, als er die River Run Mill geleitet hat?"

Brad schaute verdutzt und schüttelte langsam den Kopf. „Nicht wirklich. Das kommt ein bisschen unerwartet. Warum fragst du?"

Roxanne wollte nichts über die Ermittlungen verraten, also zuckte sie mit den Schultern. „Ich bin nur neugierig. Denk mal drüber nach. Ich weiß, dass es fünfzehn Jahre her ist, aber, wenn du etwas über diese Zeit weißt, komm doch mal vorbei und sprich mit Hank."

Brad sah sie einen langen Augenblick lang an. „Klar. Aber ich nehme nicht an, dass du mich darüber aufklären kannst, was dahintersteckt?"

Sie schüttelte den Kopf. „Wenn du mir helfen würdest, wäre das natürlich toll."

Brad nickte. „Mach ich. Vielleicht schaue ich gleich bei Hank vorbei. Wäre schön, wenn ich bei weiteren Dingen helfen könnte, die mein Dad verbockt hat. Ich weiß schon seit meiner Kindheit, dass er ein machthungriger Idiot ist." Er hielt inne und trank einen Schluck Kaffee. „Jedenfalls danke, dass du mit mir geredet hast. Ich komme bald wieder vorbei."

Damit wandte er sich ab. Roxanne sah ihm hinterher und dachte noch einmal über ihre Begegnung mit ihm nach. Sie bat Becky, den Tresen im Auge zu behalten, und schlich sich in den hinteren Flur.

Gleich nach dem ersten Klingeln nahm Max ab. „Hey Roxy, was gibt's?"

Sie lächelte, als sie seine Stimme hörte. „Hey, ich habe nur eine Minute Zeit, aber Brad Peyton ist gerade vorbeigekommen."

„Oh, und?"

„Nun, zuerst hat er sich grundsätzlich für den mächtigen Schlamassel entschuldigt, den seine Familie angerichtet hat. Danach habe ich ihn gefragt, ob er sich an irgendwas erinnert, was sein Dad damals gemacht hat, als er die River Run Mill geleitet hat, und ihm gesagt, er solle mit Hank sprechen, falls ihm was einfällt."

„Aha. Irgendwelche Neuigkeiten von ihm?"

„Nein, eigentlich nicht, aber vielleicht braucht er nur etwas Zeit zum Nachdenken. Ich denke, wenn er sich schlecht fühlt wegen dem, was seine Familie getan hat, könnte er eine große Hilfe sein. Er ist der Einzige, der mit der Polizei zusammengearbeitet hat, als das Schmugglernetzwerk aufgeflogen ist, also hat er die Brücken zu seiner Familie bereits abgebrochen."

„Gut. Ich habe vor, heute Nachmittag bei Hank vorbeizuschauen, also warne ich ihn schon mal vor. Wie läuft's sonst?", fragte er dann.

„Wie immer. Es ist eine Menge los, aber das ist hier ja immer so. Wie läuft's bei dir zu Hause?" Er hatte ihr erzählt, dass er heute zu seinem Elternhaus fahren würde, um dort zu putzen.

„Ziemlich gut. Ehrlich gesagt, es ist nicht viel mehr als eine Tonne Staub." Er hielt inne und sie konnte hören, wie er tief durchatmete. „Es war schön, mit dir aufzuwachen."

Der Klang seiner rauen Worte durch das Telefon jagte ihr einen Schauer über den Rücken. Nachdem er heute Morgen gegangen war, war ihr erst mit Verspätung bewusst geworden, dass sie gestern zum ersten Mal die ganze Nacht miteinander verbracht hatten. In der heißen Phase ihrer siebzehnjährigen Liebe waren sie an die Einschränkungen gebunden gewesen, die ihre Eltern ihnen auferlegt hatten. Sie hatten zwar eines Abends in Max' Auto ihr erstes Mal gehabt, als sie eigentlich im Kino sein sollten. Danach hatten sie jede Gelegenheit genutzt, um miteinander rumzumachen. Trotzdem waren sie noch nie in den Armen des anderen eingeschlafen und gemeinsam aufgewacht. Bis jetzt. Ihr Herz setzte einen Schlag aus und sie schloss die Augen, als die Gefühle sie überrollten.

„Das stimmt", flüsterte sie schließlich als Antwort.

Am Telefon herrschte für einige Sekunden Schweigen zwischen ihnen. Dann öffnete sie die Augen und betrachtete die Wand gegenüber von ihr im Flur. Das Stimmengewirr aus dem Feinkostladen erreichte sie und sie schüttelte den Kopf. „Ich muss los", meinte sie abrupt.

„Stimmt. Du bist bei der Arbeit. Kann ich heute Abend vorbeikommen?"

Bevor sie überhaupt darüber nachdenken konnte, hörte sie sich selbst schon zustimmen. Sie legte auf und stand einfach so da. Ihr Herz pochte und Hitze durchflutete sie. Ein Gefühl der Freude stieg in ihr auf und plötzlich bekam sie auch Angst. Sie hatte völlig vergessen, wie leicht es war, sich in Max zu verlieren.

Die Beklemmung schnürte sich fest um ihre Brust und ihre Kehle. Sie zwang sich, tief durchzuatmen. Innerlich war sie hin- und hergerissen. Mit Max zusammen zu sein, fühlte sich so gut an – so richtig gut. Und doch wollte sie nicht die Stärke und Unabhängigkeit verlieren, die sie erlangt hatte, nachdem sie endlich über ihre jugendlichen Träume von ihm hinweggekommen war. *Aber das wirst du nicht. Max liebt dich. Das sagt er zwar, aber woher weiß ich, dass er nicht wieder abhaut? Weil du jetzt weißt, warum er das getan hat. Hab Vertrauen in ihn. Gönne dir doch nur einmal das, wovon dein Herz weiß, dass du es willst.*

Sie schüttelte heftig den Kopf und versuchte, die eindringlichen Gedanken in ihrem Kopf zu unterdrücken. Ihre Katze grummelte innerlich und forderte sie auf, auf ihr Herz und ihre Instinkte zu hören. Doch das hatte sie schon einmal getan und es hatte Jahre gedauert, bis sie ihr Herz wieder zusammengeflickt hatte. Als Max wieder in ihr Leben getreten war, hatte sie sich eingestehen müssen, dass sie sich bloß vorgemacht hatte, sie sei über ihn hinweggekommen.

KAPITEL ELF

Max lief den Flur des Polizeireviers entlang und hielt vor der Tür zu Hanks Büro inne. Hank saß an seinem Schreibtisch und las etwas auf seinem Computerbildschirm.

„Hey Hank, deine Empfangsdame hat mich reingelassen. Ich hoffe, es ist in Ordnung, dass ich vorbeigekommen bin."

Hank blickte auf und drehte sich in seinem Stuhl. „Natürlich ist das in Ordnung. Janice hat bei mir durchgeklingelt und gesagt, dass du hier bist. Wie läuft's bei dir zu Hause? Brauchst du noch Hilfe im Garten?", fragte er, während er aufstand und Max mit einer Geste aufforderte, sich zu ihm an den kleinen runden Tisch neben seinem Schreibtisch zu setzen.

Max nahm Platz und schüttelte den Kopf. „Danke nein. Die Kids haben beim Ausmisten des Grundstücks ganze Arbeit geleistet. Jetzt kann der Winter kommen. Danke noch mal für deine Hilfe."

„Wie ich schon gesagt habe, überhaupt kein Problem."

„Ich wollte heute sowieso vorbeikommen, aber ich

habe gerade erfahren, dass Brad Peyton heute Morgen in Roxannes Laden war. Sie hat gesagt, er hat sich für den Mist mit dem Schmugglernetzwerk entschuldigt. Daraufhin hat sie ihn gebeten, sich mit dir zu unterhalten, falls er irgendeine Ahnung hat, was sein Dad gemacht haben könnte, als er noch die River Run Mill geleitet hat. Ich hatte gedacht, das würde dich interessieren.“

Hank grinste. „Brad war schon da. Ich habe ihm zwar nicht gesagt, wonach wir suchen, aber ich habe ihn gebeten, in den alten Konten seines Vaters zu graben. Er hat einen bereitwilligen Eindruck gemacht. Letztendlich war er der Einzige, der uns bei unseren Ermittlungen unterstützt hat. Vielleicht wollte er sich ja einfach nur die verbüßte Zeit der Untersuchungshaft anrechnen lassen, aber mein Gefühl sagte mir, dass er sich wegen des ganzen Schlamassels wohl ziemlich schlecht fühlt. Wallace war für seine Kinder genauso ein Arsch wie für alle anderen. Brad hatte wahrscheinlich Angst davor, was sein Dad tun würde, wenn er beim Drogenhandel nicht mitgespielt hätte. Ich schätze, Brad kann uns an Informationen heranführen, für die wir sonst einen Durchsuchungsbefehl bräuchten.“

Max nickte langsam und ein Gefühl der Hoffnung, das er sich bisher nicht erlaubt hatte, breitete sich in ihm aus. Angesichts der Tatsache, dass der Tod seines Vaters schon so lange zurücklag, hatte er sich nicht viel von den Ermittlungen erhofft, aber es schien sich etwas zu tun. „Also gut. Vielleicht fördert er ja was zutage.“

„Das will ich hoffen.“

Max lehnte sich mit einem Seufzer in seinem Stuhl zurück. „Da fällt mir auf, dass es vielleicht nicht gerade hilfreich für dich ist, wenn ich jeden zweiten

Tag vorbeischaue, um nach Fortschritten zu fragen. Aber jetzt, wo du tatsächlich ermittelst, werde ich langsam ungeduldig.“

Hank gluckste. „Mach dir darüber keine Gedanken. Komm vorbei, wann immer du möchtest. Da wir gerade von Hilfe sprechen, warum wühlst du dich nicht durch die Unterlagen, die deine Eltern hinterlassen haben?“

„Mach ich. Meine Mom hatte einen Haufen Sachen in Virginia gelagert, die ich hierher verfrachtet habe. Außerdem bin ich heute auf dem Dachboden auf ein paar Kisten gestoßen. Ich werde mal sehen, was ich finden kann.“

Da klingelte Hanks Handy. Er beugte sich vor und schnappte es sich von seinem Schreibtisch. Max stand auf und winkte ihm zu. „Bis später.“

Er machte sich auf den Weg zum Bezirksgericht. Wenig später kam er nach einem kurzen Rundgang durch seine Büros und einer Besprechung mit den Verwaltungsangestellten wieder nach draußen. Danach lenkte er sein Auto zurück in Richtung Catamount. Als er die kurvenreichen Straßen durch die Berge entlangfuhr, wehten Blätter über die Straße. Auf den Bergen in der Nähe lag bereits Schnee, der die Ankunft des Winters ankündigte. Seine Gedanken kreisten um Roxanne, die ihm in diesen Tagen gar nicht mehr aus dem Kopf ging. Er hatte sich gewünscht, dass die letzte Nacht zu einer von vielen Nächten werden würde, doch er spürte, dass sie noch zögerte, obwohl sie nichts davon gesagt hatte.

Mit einem Blick auf die Uhr sah er, dass er noch ein paar Stunden Zeit hatte, bevor es ratsam war, wieder zu ihr zu fahren. Auch wenn er gerne rund um die Uhr in der Küche des Ladens abgehangen hätte, wie früher, als sie noch jung waren, ahnte er, dass ihr das nicht gefallen würde. Er bog von der Hauptstraße in Catamount auf die Nebenstraße ab, die zu seinem Elternhaus führte. Einen Augenblick später trug er einige der staubigen Kisten vom Dachboden zu seinem Auto. Er hatte die Kisten schnell durchgesehen und nur die mit dem alten Papierkram mitgenommen. Obwohl er das Haus größtenteils sauber bekommen hatte, musste er erst noch den Heizkessel zum Laufen bringen und das Haus einrichten, bevor er einziehen konnte. Fürs Erste würde er die Kisten ins Hotel bringen und sich durch die Unterlagen wühlen, um zu sehen, was er finden könnte.

Am Rande des Stadtzentrums hielt Max an, um zu tanken. Während er darauf wartete, dass sich der Tank füllte, kam ein Mann auf ihn zu, der ihm irgendwie bekannt vorkam. Anhand der Art, wie er sich bewegte, und der unterschwelligen Energie, die er ausstrahlte, vermutete er, dass der Mann ein Shifter war. Der Mann hatte dunkelblondes Haar und braune Augen mit dem unverwechselbaren katzenhaften Ausdruck in seinem Gesicht. Der Mann blieb vor Max' Truck stehen. „Max Stone, richtig? Ich habe gehört, dass du wieder in der Stadt bist."

Max nickte. „Ja, das stimmt. Du kommst mir bekannt vor, aber ich kann mir Gesichter besser merken als Namen."

Der Mann trat näher und stützte seinen Ellbogen auf die Motorhaube von Max' SUV. „Lee Hogan. Du erinnerst dich vielleicht besser an meinen Bruder Kirk. Ich war in der Highschool ein paar Jahre über euch beiden."

„Ach ja. Ich hatte ein paar Kurse mit Kirk", antwortete Max. Er und Kirk waren nicht im selben Freundeskreis, obwohl ihre Väter zusammen in der River Run Mill gearbeitet hatten. Darüber hinaus erinnerte sich Max nicht an viel über Kirk. Um höflich zu bleiben, stellte er die offensichtliche Frage. „Wie geht's Kirk?"

Lee schwieg einen Augenblick lang, sein Gesichtsausdruck war unleserlich. „Du hast es wohl noch nicht gehört. Er war vor zwei Jahren in die Festnahmen wegen des Schmugglerrings hier in der Gegend verwickelt. Die ganze Sache war ein verdammtes Desaster. Sie haben einige der kleinen Fische ziemlich hart rangenommen. Versteh mich nicht falsch, Kirk hat mit Sicherheit nichts Gutes im Schilde geführt, aber er war ein Mitläufer. Er hat zehn Jahre dafür bekommen, was lächerlich ist, wenn du mich fragst."

Obwohl Max nur oberflächlich über das Schmugglernetzwerk und dessen letztendlichen Untergang in Catamount Bescheid wusste, gefielen ihm Lees Äußerungen nicht. Aber er hatte kein Interesse daran, das Thema weiter zu vertiefen, also hielt er sich mit seiner Antwort bedeckt. „Tut mir leid, das zu hören. Wie geht's deiner Familie?"

„Dad ist immer noch gesund und munter. Er hat erwähnt, dass du wieder in die Stadt gezogen bist. Was ist mit deiner Mom?"

„Die ist vor etwa einem Jahr gestorben", berichtete Max.

„Oh, das tut mir leid." Auf Max' Nicken hin fuhr Lee fort. „Sieht ganz so aus, als würdest du in deinem alten Haus aufräumen, was?"

Max begann sich zu fragen, warum Lee so neugierig auf alles war, was mit Max zu tun hatte, wo sie einander doch kaum von früher kannten. Er nickte wieder, aber Lee fuhr fort.

„Habt ihr überhaupt irgendwas zurückgelassen, als ihr umgezogen seid? Kaum zu glauben, dass das Haus all die Jahre leer gestanden hat."

Max war erleichtert, als das Klicken der Benzinpumpe anzeigte, dass der Tank voll war. Er war damit beschäftigt, die Zapfpistole zu verstauen und den Deckel wieder auf seinen Tank zu schrauben. „Das Haus war in einem ganz guten Zustand. Ich arbeite ein bisschen daran, es wieder auf Vordermann zu bringen", antwortete er ausweichend. „Jedenfalls war es schön, dich wiederzusehen. Grüß deinen Dad von mir."

Damit schnappte er sich seine Quittung und stieg in sein Auto. Lee trat aus dem Weg, als Max wegfuhr. Er konnte es nicht genau benennen, aber irgendetwas an Lee bereitete ihm ein mulmiges Gefühl. Doch er hatte keinen anderen Anhaltspunkt, als er sein Telefon nahm, um Hank anzurufen.

„Hank hier."

„Hey Hank, ich bin's, Max. Ich wollte dich nur fragen, ob Marshall Hogan am Tag des Unfalls meines Dads zufällig in der Fabrik war?"

„Ja. Er war der diensthabende Schichtleiter an diesem Tag. Er und Wallace waren damals die beiden Betriebsleiter in der Fabrik. Warum fragst du?"

„Aus keinem besonderen Grund, außer einem komischen Bauchgefühl, nachdem Lee Hogan an der Tankstelle angehalten hatte, um sich mit mir zu unterhalten."

„Hmm. Irgendwas, mit dem ich was anfangen kann?"

„Nicht, wenn man mein Bauchgefühl nicht mitzählt. Das Gespräch war nicht sehr aufschlussreich, aber ich habe den Mann kaum gekannt, als ich noch hier gewohnt habe. Er findet, dass ihr zu hart mit seinem Bruder umgesprungen seid."

Hank gluckste. „Kirk war ziemlich tief in die Sache verstrickt, auch wenn Lee das vielleicht nicht wahrhaben möchte. Ich behalte aber auf jeden Fall

Marshalls Rolle im Hinterkopf, wenn ich die anderen befrage, die dabei waren. Was mir allerdings Sorgen macht, ist, dass wir bereits wissen, dass Wallace nicht allein gehandelt hat. Ich muss vorsichtig sein, wenn ich mich mit den Fabrikarbeitern von damals unterhalte, damit sich das nicht zu schnell herumspricht.“

„Gut, ich habe alle Unterlagen aus dem Haus meiner Eltern, also fange ich bald an, sie durchzusehen.“

„Verstanden. Ich halte dich über den Rest auf dem Laufenden.“ Max lenkte seinen Wagen in eine Parklücke auf der anderen Straßenseite von Roxannes Laden, bevor er überhaupt merkte, dass er das getan hatte. Kurz überlegte er, ob er zum Inn weiter die Straße entlangfahren sollte, aber er hatte keine Lust auf einen einsamen Nachmittag allein mit den Kisten mit den Unterlagen seiner Eltern. Er betrachtete das vertraute Schaufenster auf der anderen Straßenseite. Zwischen gestern und heute hatte Roxanne offensichtlich jemanden damit beauftragt, den Laden zu dekorieren. Lichterketten hingen an den Fenstern und jemand schmückte einen Weihnachtsbaum in der Mitte der Fensterfront. Er rechnete schnell nach und stellte fest, dass Thanksgiving nur noch eine Woche entfernt war. Bei all seinen Überlegungen, wieder nach Catamount zu ziehen, hatte er nicht an die Feiertage gedacht. Er konnte nur hoffen, dass er bei der üblichen Erntedankfeier im Laden willkommen sein würde, obwohl er nicht sicher war, ob Roxanne die von ihren Großeltern ins Leben gerufene Tradition beibehalten hatte. Dann schüttelte er sich innerlich. Er sollte nicht zu weit voraus denken.

Er stieg aus seinem Auto und überquerte die Straße. Auf halbem Weg trat Roxanne aus der Eingangstür des Ladens. Sie nahm ihn nicht wahr, als sie sich umwandte und sich vor die Schaufenster stellte. Sie trug eine Jeans und eine leuchtend lilafarbene Bluse, die ihre Kurven umschmeichelte, sowie eine Schürze darüber. Ihr blondes Haar trug sie wie immer zu einem Knoten zusammengebunden, aus dem ein Stift hinter ihrem Kopf hervorlugte, der den Knoten festhielt. Als er sich ihr näherte, hörte er sie reden und stellte fest, dass ein Fenster neben dem breiten Mittelfenster geöffnet war. „Ein bisschen nach links", bat sie. Der, der den Baum schmückte, gehorchte und schob den Baum ein wenig zur Seite. „Großartig", verkündete Roxanne.

Nachdem sie sich umgedreht hatte, stieß sie mit ihm zusammen. Sie stieß scharf die Luft aus. „Oh! Ich habe gar nicht gesehen ..." Sie verstummte, als sie aufblickte.

Er konnte nicht anders, als über sein Glück zu grinsen. Nur eine Sekunde lang konnte er ihre üppigen Kurven an sich spüren, bevor sie sich zurückzog. „Ich wollte dich nicht erschrecken."

Sie schien mit einem Lächeln zu kämpfen und gab schließlich nach. Ihre Augen funkelten ihn an und er konnte sich nur schwer beherrschen, sie nicht über seine Schulter zu werfen und sie einfach mitzunehmen. Sie trat einen weiteren Schritt zurück und streckte ihre Hand aus, um den Stift zurechtzurücken, der ihr Haar in Form hielt. „Ich habe nicht damit gerechnet, dass du so schnell vorbeikommen würdest."

Er zuckte mit den Schultern. „Ich auch nicht. Aber bevor ich mich versehen habe, habe ich genau dort eingeparkt", erzählte er und deutete über seine Schulter auf den Parkplatz auf der anderen Straßenseite. „Wenn es dir nichts ausmacht, dachte ich, ich hole mir einen Kaffee. Und wenn du hinten Hilfe brauchst, stehe ich dir zur Verfügung."

Sie betrachtete ihn einige Augenblicke lang, bevor sie antwortete. „Wenn du möchtest, kannst du Joey helfen, die Lichter aufzuhängen.“

„Alles, was du brauchst“, antwortete er.

Sie grinste, drehte sich um und betrat schnell wieder den Laden. „Joey ist mit den Lichtern im Erdgeschoss fertig, aber wir haben schon überlegt, wen wir fragen können, der ihm mit dem Obergeschoss und dem Dach hilft. Mit der Ausziehleiter und den Lichtern ist das ein Job für zwei Personen. Wir anderen sind zu klein.“

Max gluckste, als er Roxanne durch die Gänge folgte. Diane grinste ihn im Vorbeigehen an, und ihm wurde ein bisschen warm ums Herz, als er erkannte, dass er sich langsam wieder in Catamount einzufügen schien. Roxanne umrundete die Theke im Frischebereich und er war ihr dicht auf den Fersen. Augenblicke später befanden sie sich im Lagerraum, wo er sie nach fünfzehn langen Jahren endlich zum ersten Mal zu Gesicht bekommen hatte. Ein junger Mann stand am Tisch und entwirrte sorgfältig riesige Mengen an Lichterketten.

„Joey, ich habe Hilfe für dich gefunden. Du und Max, ihr werdet das im Handumdrehen schaffen!“

Joey blickte auf und strich sich die zotteligen braunen Haare aus der Stirn. Er schien nur aus Armen und Beinen zu bestehen, aber Max erkannte auf den ersten Blick, dass er mit Hank Anderson verwandt war. „Max Stone“, stellte er sich vor, streckte eine Hand aus und trat vor Joey.

Joey löste eine Hand und schüttelte kurz Max' Hand. „Joey Anderson.“

„Also gut, ich muss wieder nach draußen“, verkündete Roxanne schnell. „Ihr zwei kriegt das auch ohne mich hin, oder?“

Joey warf ihr grinsend einen Blick zu. „Ich bin mir ziemlich sicher, dass wir das hinbekommen."

Roxannes Augen blickten zu Max. „Danke, dass du uns hilfst. Ich bin draußen, wenn ihr was braucht."

Sie drehte sich um und eilte zurück in den Flur. Joey begegnete Max' Blick. „Hast du schon mal Lichter auf einem Dach aufgehängt?"

Max nickte. „Klar. Wenn du weißt, wie viele wir brauchen, können wir loslegen."

Joey warf einen Blick auf die Lichterkette in seinen Händen. „Die sind alle hier."

Einige Stunden später stieg Max von der Ausziehleiter und trat ein paar Schritte zurück, während seine Augen das Dach des Ladens abtasteten. „Sieht gut aus!", rief er Joey zu, der sich aus einem der Dachbodenfenster lehnte. Joey reckte den Daumen in die Höhe, verschwand aus dem Blickfeld und schloss das Fenster hinter sich.

Max holte die Verlängerungsleiter vorsichtig ein und trug sie zur Rückseite des Gebäudes, wo sie in der mächtigen alten Scheune hinter dem Haus gelagert wurde. Er wusch sich gerade die Hände im Waschbecken neben der Tür, als diese sich öffnete und Roxanne eintrat. Sie hatte eine Mehlspur auf der Wange und lose Haarsträhnen fielen ihr ins Gesicht.

„Die Lichter sehen toll aus. Danke für deine Hilfe", begrüßte sie ihn.

„Kein Problem."

Sie stand vor ihm und sah so verdammt schön aus, dass er kaum noch denken konnte. Er hatte sich schon gefragt, ob das heiße Summen, das ihn bei ihrem Anblick durchfuhr, wohl irgendwann abebben würde, aber es schien nur noch stärker zu werden. Ihre Schultern hoben und senkten sich mit jedem Atemzug, und er kämpfte gegen den Drang an, sie an sich zu ziehen und zu küssen.

„Ich bin bald fertig. Becky schließt heute Abend ab“, verkündete sie, und ihre Worte durchbrachen die Stille.

„Möchtest du irgendwo essen gehen?“, fragte er schnell.

Sie schwieg so lange, dass er befürchtete, sie wolle ihm eine Abfuhr erteilen. Sie biss sich auf die Lippe und neigte den Kopf zur Seite. „Einverstanden“, antwortete sie schließlich, wobei sich das Wort langsam ausdehnte. Dann wandte sie sich ab und machte sich auf den Weg zurück aus dem Schuppen.

„Treffen wir uns vor der Tür?“, fragte er.

Sie blieb an der Tür stehen und warf einen Blick über ihre Schulter. „Klar. Ich muss nur noch die Schürze ablegen und Becky Bescheid sagen, dass ich gehe.“

Mit drei schnellen Schritten war er bei ihr und senkte den Kopf, um sie zu küssen. Er wusste nicht, warum, aber genau das hatte er in diesem Augenblick einfach gebraucht.

KAPITEL ZWÖLF

Roxanne stieg in Max' Auto, noch ganz aufgeregt von dem Kuss, den er ihr vor ein paar Minuten im Schuppen gegeben hatte. Sie hatte versucht, sich selbst zu überreden, das Abendessen auszuschlagen, aber das gelang ihr einfach nicht. Sie warf einen Blick durch die Heckscheibe in den hinteren Teil seines Autos.

„Sind die Kisten von deinem Umzug schon da?", fragte sie.

Er schüttelte den Kopf, als er den Geländewagen startete und ihn vom Bordstein weglenkte. „Nein. Die sind vom Dachboden des Hauses. Hank möchte, dass ich mich durch alle alten Akten wühle, die ich finden kann, um herauszufinden, ob mein Dad noch etwas aus der Zeit aufbewahrt hat, als er gedacht hat, dass Wallace Geld unterschlägt."

Bei Max' nüchterner Entgegnung drehte sich ihr der Magen um. Wenn der Verdacht seiner Mutter stimmte, war sein Vater in den Tod getrieben worden, was Roxanne fast das Herz brach. Es war schon schlimm genug, dass er sich mit dem plötzlichen Tod seines Vaters abfinden musste, aber zu erfahren, dass es vielleicht sogar beabsichtigt war, machte sie rasend. Sie blickte auf die kräftigen Linien von Max' Profil. „Es macht mich so unglaublich sauer, dass dein Dad vielleicht nur deshalb gestorben ist, weil er herausgefunden hat, dass Wallace Geld veruntreut hat. Dieser Mann ist einfach nur abgrundtief böse."

Er kam an einer Ecke zum Stehen und blickte in ihre Richtung. „Das ist zwar echt beschissen, aber vielleicht kann ich herausfinden, was wirklich passiert ist. Ich werde ihn immer vermissen, aber ich hatte fünfzehn Jahre Zeit, mich damit abzufinden."

„Ich weiß. Ich hoffe, Hank kann herausfinden, ob deine Mutter recht hatte."

Die Ampel an der Kreuzung schaltete um und Max wandte den Blick ab, als er weiterfuhr. „Ich auch."

Nach einem Augenblick sprach sie weiter. „Wie läuft's eigentlich grade bei dir zu Hause?"

„Es geht voran. Die Kids, die Hank zusammengetrommelt hat, haben sich um das Durcheinander im Garten gekümmert und auch drinnen habe ich das meiste aufgeräumt. Bevor ich einziehe, muss ich allerdings noch nach Portland fahren, um ein paar Möbel zu besorgen."

„Kann ich auch mal zu deinem Elternhaus mitkommen?", fragte sie spontan.

Er warf ihr einen Blick zu und nickte. „Na klar. Wir können auch gleich dort vorbeischauen. Immerhin ist es noch nicht dunkel. Aber wo möchtest du heute eigentlich essen gehen?"

„Wir könnten genauso gut ins Trailhead Café gehen. Abgesehen von meinem Sandwichladen ist das das beste Lokal in der Stadt."

Max gluckste und verließ die Innenstadt von Catamount über die gewundene Straße. Sie wusste nicht, warum sie plötzlich sein altes Zuhause sehen wollte. Seit er weggezogen war, war sie hunderte Male im Jahr daran vorbeigefahren. Das Haus lag zufällig in der gleichen Straße, in der auch Phoebe wohnte, und so war Roxanne immer vorbeigefahren, wenn sie bei ihr zu Abend gegessen hatten. Anfangs hatte es jedes Mal wehgetan, wenn sie das Haus gesehen hatte, aber mit der Zeit hatte sie sich an den scharfen Schmerz des Verlusts gewöhnt. Im Laufe der Zeit hatten sich das Gestrüpp und die Ranken um das Haus herum geschlossen, sodass es nicht mehr zu sehen war und ihr Schmerz damit auch nicht mehr.

Nach ein paar Minuten kam er am Haus an. Das Gelände war sauber und das Haus war wieder von der Straße aus zu sehen. Es hatte sich nicht viel verändert, abgesehen von den erwarteten Abnutzungserscheinungen nach fünfzehn Jahren Wintern in Maine. Sie ließ ihren Blick über das Grundstück schweifen und suchte die Ecke ab, in der das Baumhaus gestanden hatte. Die beiden Eichen standen ganz allein da, ohne Baumhaus dazwischen.

„Es ist weg“, stellte Max fest.

Sie blickte in seine Richtung und war verblüfft über die Leichtigkeit, mit der er ihre Gedanken gelesen hatte. „Oh“, war alles, was sie herausbrachte.

„Es war größtenteils zusammengebrochen, also haben wir das, was übrig war, abgebaut.“

„Oh“, wiederholte sie. *Im Ernst, Roxanne? „Oh“ ist doch nicht das einzige Wort, das du kennst.* Ihre schlaue Seite stichelte gegen ihre Unsicherheit und sie schüttelte sich innerlich.

„Können wir reingehen?“, fragte sie, ruhelos, um irgendetwas zu tun zu haben.

Auf Max' Nicken hin stieg sie aus und begab sich zur Veranda. Max folgte ihr etwas langsamer. Verdutzt sah er zu, als sie nach dem Türknauf griff und dieser sich leicht drehen ließ. „Ich bin mir ziemlich sicher, dass ich abgeschlossen habe, als ich vorhin gegangen bin."

Sie traten ein und Roxanne schlenderte langsam durch die leeren Räume, während ihr die Erinnerungen an die Nachmittage mit Max durch den Kopf gingen. Max schien abwesend zu sein. Als sie das Obergeschoss erreichten, hielt er im Flur inne, wo die aufklappbare Treppe zum Dachboden offen war. „Was zum Teufel?"

„Max, was ist los?", fragte sie, als er schnell die Treppe zum Dachboden hinaufstieg. Sie folgte ihm die Stufen hinauf und ihr blieb der Mund offenstehen, als sie den Blick über den Dachboden schweifen ließ und dort auseinandergerissene Kisten entdeckte.

Max trat gegen einen beschädigten Karton. „Verdammt! Irgendwer ist heute Nachmittag hier eingebrochen, nachdem ich losgefahren bin. Ich kann das nicht glauben!"

Sie stieg die restlichen Stufen zum Dachboden hinauf. „Warum hätte irgendjemand das tun sollen?" Unter den verstreuten Gegenständen befanden sich vor allem Kleidung und Küchenutensilien.

Max schüttelte den Kopf, zuckte mit den Schultern und holte sein Handy aus der Tasche. „Ich habe das ungute Gefühl, dass irgendjemand etwas über den Tod meines Dads wissen könnte."

Ihr Magen krampfte sich zusammen und ein kalter Angstschauer durchfuhr sie.

———

Max stand an Hanks Seite auf dem Dachboden, während Hanks Augen alles absuchten. Roxanne befand sich an Hanks anderer Seite und löcherte ihn mit Fragen.

„Ich meine, warum sollte irgendjemand sowas tun? Das Haus steht seit Jahren leer und jetzt bricht jemand ein und wühlt in alten Kisten. Was zum Teufel?“, fragte sie.

Hank hatte bislang weitgehend geschwiegen, aber nun warf er einen Blick in ihre Richtung und zu Max hinüber. „Ich glaube, Max hat recht. Dass er wieder in Catamount aufgetaucht ist, hat irgendwen verunsichert. Ich habe gerade erst mit meinen Ermittlungen zum Unfall deines Dads begonnen, aber ich halte mich sehr bedeckt. Ich habe noch nicht einmal irgendwen befragt. Ich habe eine Zeitleiste erstellt und festgestellt, wer dort gewesen ist. Ich vermute, dass Max’ Auftauchen irgendjemanden nervös gemacht hat. Nach deinem Gespräch mit Lee Hogan frage ich mich, ob du mit deinem Bauchgefühl richtiggelegen hast. Ich wäre allerdings überrascht, wenn er das gewesen wäre. Zu dreist und zu direkt.“ Er hielt inne und schüttelte den Kopf. „Vielleicht aber doch. Lee war schon immer ein ziemlich ungeduldiger Typ.“ Er schaute sich wieder auf dem Dachboden um. „Hast du eine Ahnung, ob irgendetwas fehlt?“, fragte er.

Max schüttelte den Kopf und verdrehte die Augen. „Woher soll ich das denn wissen? Ich habe doch bislang bloß nachgesehen, in welchen Kisten sich alte Akten und Papiere befinden. Die sind alle in meinem Auto. Es würde mich überraschen, wenn irgendetwas aus diesen Kartons mitgenommen worden wäre. Nichts weiter als alte Klamotten und Küchenkram.“

Hank nickte und zog sein Handy aus der Tasche. „Lass mich ein paar Fotos machen. Ich habe zwei meiner Leute angerufen, damit sie mit einem Set nach Fingerabdrücken suchen und bessere Bilder machen, als ich hier mit meinem Handy. Ich warte, bis sie hier sind, bevor wir losfahren. In der Zwischenzeit solltest du dir einen sicheren Ort suchen, um die Kisten aufzubewahren." Schnell rief er die Kamera seines Handys auf und richtete sie auf den Dachboden, um Fotos zu machen.

Da meldete sich Roxanne zu Wort. „Warum lässt du die Kisten nicht in meinem Laden? Im Hinterzimmer befindet sich ein alter Tresorraum. Da ist jede Menge Platz drin. Außerdem ist er so stabil, dass man ihn nur mit einer Bombe aufkriegt."

Hank blickte auf. „Gute Idee. Den habe ich schon gesehen. Er ist in die Grundmauern eingebaut. Dein Großvater hat ihn angebracht, als er die Küche im hinteren Teil des Hauses ausgebaut hat." Er sah Max in die Augen. „Sie hat recht. Es wäre fast unmöglich für irgendjemanden, dort hineinzukommen. Außerdem ist der Laden mit einem Sicherheitssystem ausgestattet und den ganzen Tag über gehen Leute ein und aus."

„Bist du sicher, dass es dir nichts ausmacht?", fragte Max Roxanne.

„Natürlich nicht! Lass uns gleich dorthin fahren. Mir gefällt der Gedanke gar nicht, dass die Kisten in deinem Auto liegen, nachdem das hier vorgefallen ist", verkündete sie mit einer Handbewegung über den Dachboden.

Hank nickte entschlossen. „Je eher, desto besser. Ihr braucht hier nicht mit mir zu warten. Meine Leute sind jeden Augenblick hier." Während er noch sprach, hörte man oben schon Fahrzeuge in die Einfahrt einbiegen. „Na also ..." meinte Hank, als er sich abwandte und die Treppe hinunterstieg.

Max bedeutete Roxanne, ihm vorauszugehen, und ließ seinen Blick ein letztes Mal schweifen, bevor er hinunterstieg. Sein Magen kribbelte mit einer

Mischung aus Ärger und Sorge. Es gefiel ihm ganz und gar nicht, dass seine bloße Anwesenheit in Catamount die Asche seines toten Vaters aufwirbelte.

———

Roxanne hievte die letzte Kiste in den Tresorraum und schob sie neben die anderen in die staubigen Regale im hinteren Teil. Der Tresorraum hatte Regale an den Wänden und einen rechteckigen Tisch in der Mitte. Früher hatten ihre Großeltern hier die wöchentlichen Bareinzahlungen aufbewahrt, zusammen mit der Buchhaltung und den Jagdgewehren ihres Großvaters. Als ihre Familie den Laden im Laufe der Jahrzehnte modernisiert hatte, wurden die Einzahlungen täglich zur Bank gebracht, die Buchhaltung wurde auf Computer umgestellt und der Tresorraum wurde nicht mehr benutzt. Die Tür blieb jedoch verschlossen und war so uneinnehmbar wie eh und je. Sie hatte beschlossen, Diane nur wissen zu lassen, dass sie die Kisten von Max' Familie darin aufbewahren würden. Da der Tresor immer verschlossen war, würde es sonst niemandem auffallen. Obwohl sie ihren Angestellten voll und ganz vertraute, wollte sie vermeiden, dass einige der jüngeren Mitarbeiter sich verplapperten.

Sie wischte sich die Hände ab und drehte sich um, als sie Max entdeckte, der gegen den Tisch gelehnt dastand. Seine Hände ruhten auf der Tischkante, seine Schultern waren nach vorne gezogen und er blickte zu Boden. Ein Hauch von Anspannung durchzog seine Züge, die in dem schwachen Licht schemenhaft zu erkennen waren.

„Nun, das ist die letzte Kiste", erklärte sie.

Er hob den Kopf, sein Blick traf den ihren, und in

seinen Augen spiegelte sich Müdigkeit. „Danke, dass du mir geholfen hast, die Sachen hereinzutragen."

„Klar doch. Du hast doch nicht etwa gedacht, dass ich hier nur rumstehe, während du die ganze Arbeit machst, oder?", fragte sie mit einem schiefen Grinsen, während sie die von ihm ausgehende Anspannung etwas auflockern wollte.

Er verzog einen Mundwinkel und seine Augen leuchteten auf. „Nein, das passt gar nicht zu dir. Das ist eines der Dinge, die ich immer an dir geliebt habe. Du stürzt dich einfach in alles, was gerade ansteht."

Die Leichtigkeit, mit der er ihr seine Liebe gestand, traf sie direkt ins Herz – ein heftiger Schlag in ihr Innerstes. Ihr blieb die Luft weg, und sie fühlte sich einen Augenblick lang unsicher. Sie hatte sich so sehr daran gewöhnt, auf sich allein gestellt zu sein, die Starke und Unabhängige zu sein, dass es ungewohnt war, dass sich jemand auf diese Weise um sie kümmerte. Max umgab sie mit seiner Nähe, so wie schon vor so langer Zeit – als wäre sie einfach dazu bestimmt, in seiner Gegenwart zu sein. Als sie so dastand und ihn musterte, verdunkelte sich sein Blick und seine bräunlichen, bernsteinfarbenen Augen verfinsterten sich. Ohne groß darüber nachzudenken, machte sie einen Schritt auf ihn zu. Er hob eine Hand und strich ihr eine lockere Haarsträhne aus der Stirn und steckte sie hinter ihr Ohr. Ihr Atem wurde flacher und ihr Puls beschleunigte sich.

„Es tut mir leid wegen dieser ...", sie hielt inne und versuchte herauszufinden, was sie eigentlich sagen wollte. „... dieser Sache mit dem Unfall deines Dads. Als du mir erzählt hast, was deine Mom gesagt hat, habe ich das wohl noch nicht ganz richtig verstanden. Dass jemand so in dein Haus einbricht, macht mir

Angst. Es ist schon schlimm genug, dass du deinen Vater auf diese Weise verlieren musstest."

Seine Hand glitt durch ihr Haar und sein Daumen strich langsam über ihren Hals. Sie glaubte nicht, dass er mitbekam, dass er sie damit fast in den Wahnsinn trieb. Sie spürte, wie er mit den Schultern zuckte. „Wir wissen doch nicht mal, ob das Ganze überhaupt etwas mit meinem Dad zu tun hat."

Sie blickte zu ihm auf. „Was denkst du?"

Er schloss für einen Moment die Augen und öffnete sie dann wieder. „Ich denke schon. Aber lass uns abwarten und sehen, was Hank herausfindet, einverstanden?"

Sie nickte schnell. Und ehe sie überhaupt richtig darüber nachdachte, was sie da tat, streckte sie ihre Hand aus und fuhr mit der Fingerspitze über den dunklen Strich seiner Augenbrauen, um die Furche dort zu glätten. Seine Hand in ihrem Haar verkrampfte sich kurz, bevor er scharf einatmete. „Roxy", meinte er, und in seiner Stimme schwang ein Hauch von Warnung mit.

Plötzlich war es ihr egal, dass sie sich selbst davon abhalten wollte, ihn mit jeder Faser ihres Seins zu begehren. Durch die halb geöffnete Tür fiel Licht auf sein mahagonifarbenes Haar. „Max ...", war ihre geflüsterte Antwort.

Sie lehnte sich auf die Zehenspitzen und seufzte, als sie seinen wohlgeformten, kräftigen Körper an sich spürte. Seine Lippen trafen ihre auf halbem Weg. Die hitzigen Küsse, an die sie sich von früher erinnerte, wurden der Art, wie Max sie heute küsste, nicht gerecht. Er war nicht mehr der Junge, den sie einst geliebt hatte, sondern ein Mann, dessen Küsse sie innerlich und äußerlich in Flammen setzten. Sein Kuss war rau, heiß und besitzergreifend. Er forderte ihren

Mund mit kühnen Zungenstrichen ein. Sie drängte sich ihm entgegen und genoss das Gleiten seiner Zunge auf ihrer, das raue Kratzen seiner Bartstoppeln an ihrer Wange, als er seine Lippen von ihr löste.

Er zog an der kurzen Reihe von Knöpfen an ihrer Bluse und stöhnte gegen ihre Haut, als er es endlich geschafft hatte, ihre Bluse so weit herunterzuziehen, dass ihre Brüste zum Vorschein kamen. Er liebkoste ihre Brustwarzen durch ihren schwarzen Spitzen-BH hindurch, während sie seinen Kopf festhielt und ihre Finger in seinem Haar versenkte. Ihr Atem ging stoßweise und ein leises Stöhnen brach sich Bahn, als seine Hände über ihren Po wanderten. Glühende Pfeile schossen durch sie, als er eine Hand zwischen ihre Schenkel schob. Sie war schon ganz durchnässt vor Verlangen und wollte ihn unbedingt in sich haben. Und zwar jetzt gleich.

Sie riss den Hosenschlitz seiner Jeans auf und seufzte, als sich ihre Handfläche um seinen Schwanz legte – heiß und hart durch ihre Berührung. Er bewegte sich schnell und drehte sie herum, seine Hände fuhren wild über ihre Hüften, während er ihre Jeans herunterzog. Kühle Luft traf sie und ein Schauer lief über ihre nackte Haut. Seine Handfläche glitt unter ihrer Bluse den Rücken hinauf und wieder hinunter, wobei die schwielige Oberfläche ihr einen heißen Schauer über den Rücken jagte. Er spreizte ihre Schenkel, und stieß in einem heiseren Keuchen ihren Namen aus. Ihre einzige Antwort bestand darin, dass sie ihre Wirbelsäule krümmte und ihre Hüften in seine Beuge drückte, wobei sie leise stöhnte, als sie seinen harten Schaft an sich spürte.

Er schob den dünnen Seidenstoff beiseite und strich mit seinen Fingern über ihre Falten. Sie war so feucht, dass sie nichts anderes wollte, als ihn hart und schnell in sich zu spüren, und das am liebsten sofort. Ein sehnsüchtiger Schrei kam über ihre Lippen, als seine Finger in sie eindrangen.

„Max ... jetzt!", brachte sie heraus.

In Sekundenschnelle ließ er seine Finger herausgleiten und stieß mit seiner Eichel an ihren Eingang. Er zog seinen Schwanz zwischen ihren Schamlippen hin und her und brachte sie fast um den Verstand, bis sie sich wölbte und sich ihm entgegenstreckte. Sofort glitt er in sie hinein und sie wäre dabei fast gekommen. Er hielt still, während er ganz in ihr ruhte, bevor er sich zu bewegen begann. Er schaukelte langsam gegen sie, wobei das Gleiten und Ziehen jedes Stoßes die Lust in ihr verstärkte. Eine seiner Hände umfasste fest ihre Hüfte, während die andere am unteren Ende ihrer Wirbelsäule ruhte und sie in jeder Bewegung seiner Hüften verankerte. Ein Zittern durchlief sie, bis sie das Gefühl hatte, auf einen Abgrund zuzusteuern. Ein weiterer tiefer Stoß in ihren Kanal und sie entlud sich, und die Lust durchströmte sie in einer heißen Explosion. Ein gellender Schrei hallte in dem winzigen Raum wider.

Max versteifte sich gegen sie und stieß ihren Namen mit einem gutturalen Stöhnen aus. Dann hielt er einen langen Augenblick lang still. Ihre Knie gaben nach. Hätte sie sich nicht am Tisch festgehalten und er ihre Hüfte nicht in seinem starken Griff gehalten, wäre sie zu Boden gestürzt. Langsam kam sie wieder zu sich. Sie hörte leise, wie sich der Gang nach hinten öffnete und schloss, und das ferne Summen der Stimmen im Laden erreichte sie.

Er lockerte seinen Griff um sie und drückte sanft ihre Hüfte, bevor er sich langsam zurückzog. Sie wollte sich umdrehen, aber er zog ihr die Jeans wieder über die Hüften, seine sanfte Berührung war fast eine

Liebkosung. Nachdem sie den Rest ihrer Kleidung in Ordnung gebracht hatte, drehte sie sich zu ihm um, als er seine Jeans zuknöpfte. Er hob den Kopf und seine Augen trafen auf ihre. Gefangen in seinem Blick, hämmerte ihr Herz weiter. Mit jedem Augenblick, den sie mit ihm verbrachte, versank sie tiefer und tiefer an dem Ort, den sie schon längst hinter sich gelassen zu haben glaubte. Mit ihm fühlte sich alles so richtig und so einfach an, solange sie nicht nachdachte. Sie stand da, gefangen im Strudel der Gefühle, die sie durchfluteten. Da trat er einen Schritt auf sie zu und fuhr ihr mit der Hand durch das Haar, wobei er seine Handfläche um ihren Nacken legte.

„Wollen wir immer noch zu Abend essen?", fragte er in leichtem Ton.

Tränen drängten sich ihr in die Augen und sie strich unwillkürlich den Saum seiner Jeansjacke glatt. Dann schluckte sie, atmete tief durch und versuchte, ihre Gefühle unter Kontrolle zu bringen. Ein weiterer Atemzug und die Anspannung löste sich in ihr. „Das sollten wir. Ich bin am Verhungern."

„Dann lass uns gehen", antwortete er leise.

Sie traten aus dem Tresorraum, und Roxanne drehte sich um, um die Tür hinter ihnen zu schließen. Als er ihre Hand ergriff, zog sie ihn zur Hintertür, da sie in diesem Augenblick nicht in der Lage war, irgendjemand anderem zu begegnen.

KAPITEL DREIZEHN

Roxanne schob ein Tablett in den Ofen und schloss ihn. Schnell warf sie den Ofenhandschuh auf die Arbeitsplatte neben sich und drehte sich um. „Fünfzehn Minuten, dann sehen wir, wie sie werden", verkündete sie.

Phoebe setzte sich auf einen Hocker neben dem Edelstahltisch in der Küche des Sandwichladens, grinste und hob ihr Weinglas, um einen Toast auszusprechen. „Du weißt, dass sie hervorragend sein werden. Alles, was du machst, ist richtig lecker."

Roxanne trat an den Tisch neben ihr und zog sich einen weiteren Hocker heran. „Meistens klappt es, aber ich habe deine Füllung abgeändert und Pinienkerne hinzugefügt", meinte sie. Dabei bezog sie sich auf die kleinen Blätterteigtaschen, die Phoebe vor ein paar Wochen zubereitet hatte.

„Du musst aber auch alles abändern", erwiderte Phoebe lachend.

Heute Abend waren sie zu ihrem wöchentlichen Abendessen bei Roxanne. Chloe und Shana saßen auf der anderen Seite des Tisches und schauten sich Fotos von Shanas Tochter auf ihrem Handy an, während Lily sich in die Ecke verzogen hatte, um einen Anruf wegen eines Serverproblems in einem der Unternehmen entgegenzunehmen, mit denen sie zusammenarbeitete. Wenn Roxanne die Gastgeberin war, aßen sie normalerweise in der Küche der Frischeabteilung, vor allem, weil sie den ganzen Tag über so viel kochte, dass die eigentliche Küche in den Privaträumen im Obergeschoss nur selten benutzt wurde.

Roxanne schnappte sich ihr Glas Wein und nahm einen Schluck. „Was gibt's Neues im Krankenhaus?", fragte sie. Phoebe war Krankenschwester, zusammen mit Shana.

Phoebe zuckte mit den Schultern. „Nicht viel. Uns ist nie langweilig, so viel ist sicher. Diese Woche hat das ständige Durcheinander an Leckereien für die Feiertage begonnen. Ich sage euch, jedes Mal, wenn ich mich umdrehe, stehen überall Kekse und Karamell herum. Apropos Feiertage: Lädst du Max eigentlich zum Thanksgiving-Dinner hierher ein? Es sind ja nur noch ein paar Tage."

Roxanne hatte die Tradition ihrer Familie fortgesetzt, ein großes Essen für die Einheimischen auszurichten. Phoebes Frage war zu erwarten gewesen, und Roxanne hatte sich bereits Gedanken darüber gemacht. Wenn sie auf ihr närrisches, kleines Herz hörte, war die Antwort einfach. Sie wollte einfach nur die ganze Zeit mit Max zusammen sein, also würde sie ihn natürlich einladen. Doch der winzige Teil ihres Herzens, den sie nach seinem Weggang zugesperrt hatte, leistete gelegentlich noch Widerstand. Wenn sie seit seiner Rückkehr irgendetwas über sich selbst herausgefunden hatte, dann, dass sie erneut am Boden zerstört sein würde, wenn es mit ihm nicht klappen würde. Das machte ihr Angst, und so überlegte sie, wie sie sich selbst Mut machen und sich einen Platz in ihrem Herzen schaffen konnte. Irgendwie ging alles so schnell mit ihm. Diese Vertrautheit übertraf jede Erinnerung an das, was sie einmal gehabt hatten, was sie unruhig und kribbelig machte, wenn sie darüber nachdachte.

Ihre Antwort ließ lange genug auf sich warten, dass Phoebe wieder das Wort ergriff. „Gut, du bist also deswegen schon völlig aus dem Häuschen.“

Roxanne riss den Kopf hoch und sah Phoebes warme braune Augen auf sich gerichtet. Roxanne zuckte mit den Schultern und seufzte. „Kann schon sein. Was soll ich denn nur tun?“

„Lade ihn doch einfach zum Essen ein“, antwortete Phoebe ganz sachlich.

„Das klingt so einfach.“

„Roxanne, es ist offensichtlich, dass Max dir heute genauso viel bedeutet wie damals. Ich kann durchaus verstehen, dass es dir schwerfällt, damit klarzukommen, nachdem es beim letzten Mal so schlimm zu Ende gegangen ist. Aber er hat mehr als deutlich gemacht, dass er nicht vorhat, nochmals abzuhauen. Und auch wenn du dir noch nicht sicher bist, ob du langfristig mit ihm zusammenbleiben möchtest, würdest du es dir nie verzeihen, wenn du ihn Thanksgiving allein feiern lassen würdest. Er hat hier keine Familie mehr. Als wir aufgewachsen sind, ist seine Familie immer hierher gekommen.“

Roxanne sah sie einen langen Augenblick lang an und dachte über Phoebes Worte nach. Ein Teil von ihr war einfach genervt, dass sie Ratschläge bekam. Sie freute sich nicht gerade über den Wirbelwind an Gefühlen, den Max in ihre Welt gebracht hatte, und ärgerte sich darüber, wie verletzlich sie sich dadurch fühlte. Doch ihr Herz hatte ihr auch einiges zu sagen.

Ihre ursprünglichen Gefühle für ihn gingen so tief, dass es ihr schwerfiel, das Grollen der Wildkatze in ihr zu ignorieren. Sie atmete tief durch. „Du hast recht. Wenn ich ihn nicht zu Thanksgiving einlade, mache ich mir bestimmt Vorwürfe. Ich kann den Gedanken gar nicht ertragen, dass er nicht da sein wird."

Lilys Stimme kam über ihre Schulter. „Oh, gut. Ich hatte schon befürchtet, du würdest ihn nicht einladen."

Roxanne warf einen Blick über ihre Schulter und sah, dass Lily hinter ihr aufgetaucht war. Lily griff nach dem Bein eines anderen Hockers und zog ihn neben Phoebe. Dann strich sie sich das dunkelblonde Haar von den Schultern und beugte sich vor, um ein Glas Wein einzuschenken.

„Ach ja?", fragte Roxanne.

Lily nahm einen Schluck von ihrem Wein und schaute zu ihr hinüber, ihre blauen Augen funkelten, als sie nickte. „Äh, ja. Du bist manchmal ganz schön stur. Aber ich stimme Phoebe zu. Egal, was auf lange Sicht passiert, du wirst dich beschissen fühlen, wenn du ihn nicht einlädst. Die halbe Stadt kommt zu Thanksgiving hierher."

Roxanne verdrehte die Augen und grinste. „Na gut. Ich hätte ihn wahrscheinlich ohnehin eingeladen, aber jetzt ist es sicher."

„Und wie läuft es eigentlich mit Max?", fragte Lily.

Roxanne fummelte an dem Stift herum, mit dem sie ihre Haare in Form hielt, eine ihrer Angewohnheiten, wenn sie angespannt war. „Keine Ahnung. Gut, wirklich gut, solange ich nicht nachdenke. Es geht einfach so schnell. Ich meine, vor weniger als einem Monat habe ich noch gedacht, ich würde ihn nie wieder sehen, und jetzt ist er hier und es ist, als würde alles auf mich zurasen."

„Ich schätze, es kommt dir bloß so schnell vor, wenn du so tust, als wärt ihr beide noch nie zusammen gewesen. Ich meine, du begreifst doch jetzt, was passiert ist. Das ändert zwar nichts daran, dass es für dich scheiße war, aber es leuchtet zumindest ein. Außerdem, wenn wir alle danach beurteilt würden, wie wir uns mit siebzehn verhalten haben, dann wären die meisten von uns ziemlich geliefert", bemerkte Lily achselzuckend.

„Stimmt genau", fügte Phoebe grinsend hinzu.

„Gebt mir etwas Zeit, um mich an diese ganze Sache zu gewöhnen, einverstanden? Bei euch klingt das immer so einfach, aber ich bin mir immer noch nicht sicher, ob wir überhaupt genug Zeit gehabt haben, um herauszufinden, ob das hier mehr ist als nur der Dunst unserer Erinnerungen."

In diesem Augenblick piepte der Timer des Backofens und Roxanne fuhr von ihrem Hocker hoch, um nach dem Gebäck zu sehen. Sie war erleichtert über die Unterbrechung und noch erleichterter darüber, dass das Gespräch zu etwas anderem übergegangen war, als sie wieder an den Tisch kam.

———

Max lief durch den leicht fallenden Schnee die Main Street entlang. Es war Thanksgiving Day. Die Lichter, die er in Roxanne's Country Store aufgehängt hatte, funkelten hell im trüben weißen Morgen. Nach ihrem Zwischenspiel im Tresorraum hatte er Roxanne zwar wiedergesehen, aber sie hatte sich etwas auf Abstand gehalten. Er hatte es nicht geschafft, eine weitere Nacht mit ihr zu verbringen. Er spürte, dass sie in ihren eigenen Zweifeln gefangen war und er kämpfte mit sich selbst, um sie nicht unter Druck zu setzen.

Der Löwe in ihm brüllte fast seinen Frust heraus, weil seine Gefühle für sie so urwüchsig waren und so tief saßen. Doch er wusste, dass sie sich immer noch an seine Rückkehr nach Catamount gewöhnen musste und an sein Verlangen, sie wieder für sich zurückzugewinnen. Während sie sich darüber Sorgen machte, dass er auf den Spuren von Nostalgie und Erinnerungen wandeln könnte, wusste er ohne jeden Zweifel, dass das, was sie in ihrer Jugend verbunden hatte, trotz aller Trennung und allem Abstand stark geblieben war. Er musste ihr einfach genug Raum geben, um ihre eigenen Schlüsse zu ziehen. Er war bereit, das Thema voranzutreiben, aber erst, nachdem er ihr Zeit gegeben hatte. Roxy kam mit Druck nicht gut zurecht. Weibliche Shifter waren von Natur aus unabhängig und stark, doch Roxy übertraf die meisten von ihnen in diesen Eigenschaften.

Eigentlich sollte er erleichtert sein, dass sie ihn zum jährlichen Thanksgiving-Essen in den Laden eingeladen hatte. Das sprach in mehr als einer Hinsicht Bände. Damit war seine vollständige Rückkehr nach Catamount in die Gemeinschaft der Shifter gesichert und die mächtigsten Shifterfamilien standen ihm zur Seite. Angesichts der Unruhe, die nach seiner Rückkehr in der Stadt geherrscht hatte, bedeutete ihm das sehr viel. Auch wenn er nichts gesagt hatte, bezweifelte er nicht, dass einige Gerüchte über Hanks Ermittlungen die Runde gemacht hatten.

Max erreichte den Laden und schob sich durch die Tür. Der Verkaufsbereich des Ladens war geschlossen, aber selbst von der Vorderseite kommend wehte ein köstlicher Geruch durch den Raum. Er lief den Mittelgang zum Frischebereich entlang und fand dort bereits eine kleine Menschenmenge vor. Obwohl er Roxys Stimme aus der Küche vernehmen konnte, dachte er sich, dass er höflich sein und sich erst einmal unter die Leute mischen sollte, bevor er zu ihr ging. Er erkannte viele Gesichter wieder, die er seit seiner Rückkehr noch nicht gesehen hatte. Als er so dastand, winkte ihm Hank von der anderen Seite des Raumes zu, wo er an der Frischetheke stand. Max trat an seine Seite.

„Hey Hank, ich habe mir schon gedacht, dass ich dich hier finden würde."

Hank klopfte ihm auf die Schulter. „Schön, dass du es geschafft hast! Ich habe gerade erst heute Morgen zu Gail gesagt, dass es gut wäre, wenn ein Mitglied der Familie Stone dieses Jahr zu Thanksgiving wieder dabei wäre."

Gail stand ein paar Schritte entfernt und unterhielt sich mit jemandem, aber sie hielt inne und schaute herüber. „Max! Wir haben gehofft, dass du hier sein würdest." Ihre blauen Augen strahlten warm, als sie ihn zu sich heranwinkte und in eine kurze Umarmung zog.

„Ich freue mich auch, dich zu sehen", antwortete er, als er einen Schritt zurücktrat.

Gail wies auf einen schmalen Tisch hinter ihnen. „Geh und hol dir etwas zu trinken. Es gibt von allem etwas."

„Einschließlich des besten Glühweins, den du je getrunken hast!", fügte Hank mit einem Grinsen und einem Zwinkern in Gails Richtung hinzu.

Gail lächelte. „Das ist dieses Jahr mein Beitrag. Er hat es allerdings ganz schön in sich, also sei vorsichtig."

„Den muss ich unbedingt probieren", meinte Max, während er an ihr vorbei zum Tisch schritt.

Als er zurückkam, war Gail bereits in ein anderes Gespräch vertieft. Bevor er sich umsehen konnte, stupste Hank ihn an der Schulter an. „Max, du erinnerst dich doch noch an Jake North, oder?"

Max warf einen Blick zu Hank und erkannte Jake sofort, denn sein dunkelblondes Haar und seine blauen Augen kamen ihm bekannt vor. Jake strahlte die unverkennbare Kraft eines Shifters aus. Jake war in der Schule ein paar Jahrgänge über Max gewesen, aber ihre Familien kannten sich. Wie Roxannes Familie gehörte auch Jakes Familie zu den Gründungsfamilien der Shifter, sodass er unbestrittene Macht in Catamount besaß. Max verstand nach und nach die Ereignisse, die zum Aufbau und zur Zerschlagung des Schmuggelnetzwerks der Shifter geführt hatten, und er ahnte, dass Jake einer der Hauptakteure bei der Zerschlagung des Netzwerks gewesen war. Max nickte ihm zu. „Aber natürlich. Schön, dich zu sehen, Jake", sagte er und hielt ihm die Hand hin.

Jake schüttelte seine Hand schnell und fest, sein Blick war scharf und abschätzend. „Ich habe schon gehört, dass du wieder in Catamount bist. Es ist immer schön, wenn Shifter nach Hause zurückkehren. Es tut mir leid zu hören, dass deine Mutter verstorben ist."

Max nickte. „Danke dafür. Ich vermisse sie immer noch", antwortete er knapp.

Plötzlich rief jemand von der anderen Seite des Raumes Jakes Namen. Er hob die Hand und winkte, bevor er sich wieder Max und Hank zuwandte. „Ich bin neulich an deinem Elternhaus vorbeigefahren. Es sieht so aus, als würdest du das Haus und das Grundstück wieder in Ordnung bringen."

„Es geht voran. Hank hat ein paar Kids zusammengetrommelt, die sich um den Garten gekümmert haben. Das Haus ist insgesamt in einem ganz guten Zustand. Allerdings ist der Heizkessel kaputt, also muss ich mich erst darum kümmern, bevor ich überhaupt einziehen kann. Und dann ist da noch der verdammte Einbruch von neulich."

Hank lehnte sich näher heran und sah Max in die Augen. „Ich habe die Ermittlungen zum Unfall deines Dads erwähnt, die ich eingeleitet habe. Jake hat mir angeboten, online ein paar Nachforschungen anzustellen. Er hält auch die Ohren offen, wenn Gerüchte in Umlauf kommen."

Jake nickte. „Ich helfe gerne, wo ich kann."

„Wonach würdest du im Internet suchen? Als mein Dad gestorben ist, steckte das Internet noch in den Kinderschuhen."

„River Run Mill hat schon früh damit begonnen, elektronische Aufzeichnungen zu führen. Ich habe heute schon ein bisschen recherchiert. Wenn die Vermutung deines Dads richtig war, finden wir bestimmt eine Spur. Ich bitte auch Lily um Hilfe. Sie ist ein Genie beim Aufspüren von buchhalterischen Missständen."

„Was genau machst du eigentlich?", fragte Max und war etwas überrascht, dass Jake bereits Zugang zu den Unterlagen der ehemaligen Fabrik hatte.

Hank lachte. „Er ist vor allem ein legaler Hacker."

Jake gluckste. „So kann man es auch nennen. Genau genommen mache ich Onlineforensik für alle möglichen Angelegenheiten. Die meiste Zeit davon legal. Wenn Leute keine Sicherheitsvorkehrungen treffen, ist das so, als würde man ein Haus unverschlossen lassen, und mit einem Wilkommensschild an der Tür versehen. Die River Run Mill war Vorreiter hinsichtlich elektronischer Buchführung und Aufzeichnungen, aber die Systeme wurden eingerichtet, lange bevor es Sicherheitsbedenken im Netz gab. Sie haben außerdem geschlossen, bevor diese Umstände ins Spiel gekommen sind. Wenn man weiß, wonach man suchen muss, ist es ganz einfach, auf alte Systeme wie das von River Run Mill zuzugreifen. Ich übernehme die Suche und Lily erledigt den Rest."

Max nickte langsam. „Klingt vernünftig. Wenn ihr etwas von mir braucht, gebt einfach Bescheid."

„Lass mich wissen, was du in den alten Papieren deines Vaters findest, wenn es da überhaupt was gibt", antwortete Hank.

„Mach ich. Ich nehme mir morgen etwas Zeit, um sie durchzugehen."

Jake wollte gerade etwas anderes sagen, als eine weitere bekannte Gestalt auf sie zukam: Dane Ashworth. Max erinnerte sich, dass er einer von Jakes besten Freunden war und ebenfalls aus einer der Gründerfamilien der Shifter stammte. Insgesamt waren drei der vier Gründerfamilien der Shifter heute hier vertreten. Nur die in Ungnade gefallene Familie Peyton, von der die meisten eingesperrt waren, fehlte bei der Zusammenkunft. Dane streckte sofort seine Hand aus und seine graublauen Augen trafen auf die von Max. „Max Stone, verdammt schön, dass du wieder in Catamount bist", begrüßte Dane ihn mit einem festen Händedruck.

„Schön, wieder hier zu sein. Es ist ja wie früher", antwortete Max lachend. In den Wochen, in denen er zurück war, hatte er Tag für Tag alte Freunde und Bekannte wiedergetroffen, aber bei dieser Feier waren so ziemlich alle anwesend, die er gut kannte.

Dane trat zurück und stellte sich direkt neben Jake. Sie waren beide groß und schlaksig und hatten die unverkennbaren katzenartigen Züge, die viele Shifter aufwiesen. Max wandte sich um und sah ein Gesicht, das ihn überraschte. Auf der anderen Seite des Raumes stand Noah Jasper und legte seinen Arm um Lilys Taille. Noah stammte aus einer Shifterfamilie, die dafür bekannt war, ständig Ärger zu machen. Max kannte Noah als ruhig und zurückhaltend, aber sein Vater war vor allem dafür bekannt, dass er viel trank und Noahs Mutter misshandelte. In all den Jahren, in denen Max zu den Thanksgiving-Essen hierhergekommen war, hatte er noch nie jemanden aus der Familie Jasper hier gesehen. Als hätte Dane seine Gedanken gelesen, fing er seinen Blick auf. „Noah hat Catamount verlassen, kurz nachdem du und deine Mom gegangen seid. Er war lange beim Militär. Ohne seine Hilfe hätten wir das Schmugglernetzwerk nicht zerschlagen können. Er ist überhaupt nicht wie sein Dad oder jemand anderes aus der Familie Jasper. Man kann mit Sicherheit sagen, dass er nach seiner Mutter kommt. Außerdem ist er jetzt mit Lily verheiratet, also ...“ Dane grinste, als Jake einen warnenden Blick in seine Richtung warf.

In diesem Augenblick kam Roxanne um die Ecke des Tresens und dirigierte zwei Kinder, die mit Tellern voller Essen vor ihr herliefen. Sie trug eine Jeans, die ihre kurvigen Hüften umspielte, und ein hellblaues Shirt mit Rundhalsausschnitt, das mit einer Schürze gekrönt war. Ihr blondes Haar war wie üblich zu einem Knoten zusammengebunden, und die lockeren Locken fielen ihr ins Gesicht. Ein einziger Blick auf sie reichte aus, um seine Lust zu wecken. Er hatte die lächerliche Vorstellung, dass er sich bei ihr in den Griff bekommen würde, sobald er erst einmal sein fünfzehn Jahre lang aufgestautes Verlangen nach ihr gestillt hatte. Doch nun wurde ihm klar, dass es wahrscheinlich weitere fünfzehn Jahre dauern würde, bis er das schaffen würde. Nachdem er sie endlich wieder probiert hatte, wurde das brennende Verlangen nach ihr nur noch heißer.

„Pass auf, du könntest aus der Stadt gejagt werden, wenn du Roxanne das Herz brichst", stellte Dane unverblümt fest.

Max wurde von seinem Blick auf Roxanne abgelenkt und drehte sich zu Dane um. „Hm?"

Jake lachte und zuckte mit den Schultern. „Wir beide sind mit der Hälfte von Roxannes besten Freunden verheiratet. Und wir beide haben gehört, dass sie dir das Leben zur Hölle machen, sobald du ihr auch nur ein Haar krümmst. Aber so wie du sie ansiehst, brauchen wir uns da wohl keine Sorgen zu machen."

Dane nickte ernst, mit einem Hauch von Humor in seinen Augen. „Ich habe mir gedacht, dass du vielleicht wissen möchtest, wie die Dinge stehen. Ich habe Chloe schon klargemacht, dass Roxanne mehr als gut auf sich selbst aufpassen kann, aber Chloe ist verdammt fürsorglich." Dann wurde er ernst und hielt Max' Blick einen langen Augenblick lang fest. „Aber Jake hat wohl recht. Wir müssen uns keine Sorgen machen."

„Ganz bestimmt nicht. Ich wäre so oder so nach Catamount zurückgekommen, aber ich habe Roxanne jeden Tag vermisst, seit ich gegangen bin. Sie war schon immer die richtige Frau für mich. Ich versuche einfach, geduldig zu sein und sie nicht zu bedrängen."

„Du kennst Roxanne gut, wenn du weißt, dass du sie nicht bedrängen solltest", fügte Jake mit einem schiefen Grinsen hinzu.

Der Raum schien in Bewegung geraten zu sein und die Leute begannen, sich in Richtung des mächtigen Tisches in der Mitte des Raumes zu bewegen. Alle kleinen runden Tische, die sonst im Laden verstreut standen, waren ordentlich an der Wand aufgestapelt und mehrere lange Tische waren in der Mitte des

Raumes zusammengerückt worden. Jemand hielt inne, um Max zu begrüßen und unterbrach damit sein Gespräch mit Jake und Dane. Hank war bereits von Gail zur Seite gezogen worden.

Max überlegte gerade, wo er sich hinsetzen sollte, als er eine Hand in seiner Ellenbeuge spürte. Er wusste sofort, dass es Roxanne war und blickte hinunter, wo ihre blauen Augen zu ihm aufblickten. Auf ihrer Wange klebte Mehl, und ihre Lippen waren gerötet. Für einen Augenblick stand alles still. Das Summen der Stimmen verstummte und es gab nichts und niemanden außer ihnen. Die Luft um sie herum flirrte, als er auf sie hinabblickte. Sein Herz pochte wie wild und seine Kehle zog sich zusammen. Er beugte sich zu ihr vor und strich mit den Fingerknöcheln über ihr Kinn. Ihr stockte der Atem, und sie nahm seine Hand in ihre.

Da rief jemand ihren Namen und unterbrach den Augenblick. Sie warf einen Blick über ihre Schulter. „Nur einen Augenblick!" Dann drehte sie sich wieder zu ihm um. „Ich habe gar nicht gewusst, dass du schon hier bist. Ich bin, nun ja, in der Küche beschäftigt, aber ich wollte dich kurz begrüßen."

„Hi", sagte er und räusperte sich, um die eine Silbe herauszubekommen.

Sie deutete auf den Tisch. „Hältst du mir einen Platz neben dir frei?"

Ihre Bitte überraschte ihn. „Gut. Brauchst du Hilfe?"

Sie schüttelte den Kopf. „Nein. Mir kommt die Hilfe schon zu den Ohren raus, weil so viele Kinder hier sind. Der Truthahn ist auf dem Weg nach draußen, also schnapp dir lieber schon mal zwei Plätze, bevor wir in der Ecke festsitzen."

Ihre Hand rutschte von seinem Ellbogen und sie

wandte sich ab. Max bewegte sich halb benommen auf den Tisch zu und wusste nicht, wo er sich hinsetzen sollte. Zum Glück hob Jake eine Hand und wies auf zwei Plätze gegenüber von ihm und Phoebe. Augenblicke später beobachtete Max, wie zwei Platten mit Truthahn auf den Tisch gestellt wurden. Roxanne kam heraus, zog sich die Schürze über den Kopf und warf sie hinter sich auf den Tresen. Dann glitt sie auf den Platz neben ihm.

KAPITEL VIERZEHN

Roxanne stand hinten im Kühlraum und betrachtete eine Reihe von Packungen mit gefrorenen Blaubeeren. Maine war berühmt für seine Blaubeeren, und sie machte einen der beliebtesten Blaubeerkuchen der Stadt. Sie verharrte so lange dort, dass sie fröstelte. Dann schnappte sie sich die Blaubeeren und machte sich auf den Weg zurück in die Küche. Seit dem Thanksgiving-Dinner konnte sie kaum aufhören, an Max zu denken. Es war so gut, einfach gut, dass er da gewesen war. Sie hatte sich für diesen Tag versprochen, seine Anwesenheit zu genießen. Und genau das hatte sie auch geschafft, denn Max' Anwesenheit war wie ein Elixier für ihr Herz, ihren Körper und ihre Seele. Ihn im Zentrum ihrer Welt zu haben, umgeben von Familie und Freunden, hatte ihr eine Atempause vom hektischen Leben verschafft und ihr das Gefühl vermittelt, wieder jung und unbeschwert zu sein. Es hatte auch die Flamme der Hoffnung in ihr entfacht und ihre einst verworfenen Träume von einem Leben mit Max wieder zum Leben erweckt.

Als ob die Wirklichkeit mit allem Nachdruck

darauf hindeuten wollte, hatte er ihre Welt dann mit einer weiteren umwerfenden, weltbewegenden Nacht völlig auf den Kopf gestellt. Sie brachte es nicht über sich, ihn zu bitten, ins Inn zurückzukehren, da sie unbedingt wieder mit ihm an ihrer Seite einschlafen wollte. Die Vertrautheit, mit ihm aufzuwachen und mit der er sich in sie gleiten ließ, mit langen, langsamen Stößen, die sie in einen Rausch versetzten, hatte sie fast umgehauen. Ständig kämpfte sie gegen den Teil in ihr an, der einfach nicht die Klappe halten wollte, weil es offensichtlich war, dass sie füreinander bestimmt waren. In den vergangenen Tagen hatte sie sich eine Ausrede nach der anderen einfallen lassen, dass sie zu beschäftigt gewesen wäre, um Zeit mit ihm zu verbringen.

Diese Vertrautheit war fast beängstigend und stellte ihr Selbstbild auf eine harte Probe. Dazu gehörte auch, nicht so leicht wieder in Max' Bann zu geraten. Und doch sträubte sich ihre Katze, der wohl stärkste Teil von ihr, innerlich, dass ihre Angst vor dem, was sich zwischen ihr und Max anbahnte, nur ihre Schwäche zeigte und nicht ihre Stärke. Während sie innerlich mit sich rang, kam Max jeden Tag auf einen Kaffee vorbei und stöberte sogar im Tresorraum, um in den Aktenkisten zu wühlen, die er dort aufbewahrte. Dieser verdammte Tresorraum war jetzt wie ein leuchtendes Neonschild für sie, denn jedes Mal, wenn sie ihn sah, konnte sie nur noch daran denken, dass er in diesem winzigen Raum in sie eingedrungen war, während ihre Jeans um ihre Hüften gezogen gewesen waren und sie sich nach nichts anderem gesehnt hatte, als ihn zu spüren.

Zügig trat sie an das Waschbecken und füllte eine Edelstahlschüssel mit Wasser, bevor sie die Tüte mit den gefrorenen Blaubeeren hineinlegte. Sie hatte vorhin ganz vergessen, sie aufzutauen, ein weiterer vergessener Punkt auf ihrer beeindruckenden Liste. Normalerweise war sie alles andere als vergesslich, aber das konnte sie wohl alles Max in die Schuhe schieben.

Sie zog sich die Schürze aus und hängte sie an die Tür. „Hey Becky, ich gehe schnell zur Bank, während ich darauf warte, dass die Blaubeeren auftauen. Bin gleich wieder da."

Becky nickte an der Kasse und drehte sich um, um einem Kunden das Wechselgeld zu geben. Roxanne schlüpfte in den Flur und ging zur Tür hinaus. Ein paar Augenblicke später betrat sie die Bank auf der anderen Straßenseite. Sie trat sich den Schneematsch von den Stiefeln und reihte sich am Ende der Warteschlange ein. Sie hätte wissen müssen, dass hier viel los sein würde, denn es war gerade Mittagszeit. Als sich die Schlange bewegte, machte sie einen Schritt nach vorne und blickte zurück, als sie jemanden hinter sich bemerkte. Dort stand ein ihr unbekannter Mann. Er war älter, hatte schiefergraues Haar und die gleichen Augen wie sie. Sie vermutete, dass er ein Shifter war, was sie überraschte, denn sie kannte so ziemlich jeden Shifter in der Stadt zumindest vom Sehen her. Sie zuckte innerlich mit den Schultern und wandte sich ab. Er schien nicht freundlich zu sein, und sie hatte im Augenblick keine Lust zu plaudern. Sie musste die gestrigen Einzahlungen abliefern und zurück in den Laden gehen.

Ein paar Minuten später schritt sie nach draußen. Das Wetter hatte schon seit Wochen mit dem Winter geliebäugelt. In der Nacht hatte es leicht geschneit, aber die Sonne des Tages hatte das meiste davon geschmolzen und den Gehweg mit schmutzigem Schneematsch überzogen. Am Fuß der Treppe blieb sie stehen und blickte sich um. Ihr Blick fiel auf das Inn, in dem Max übernachtete. Ein heftiger Schauer durchfuhr sie. Mit jedem Tag, an dem sie ihn auf Abstand hielt, vermisste sie ihn nur noch mehr. Mit einem heftigen Kopfschütteln wandte sie sich dem Laden zu, als sie ihren Namen hörte.

Sie drehte sich um und sah den Mann, der hinter ihr in der Schlange in der Bank gestanden hatte. „Ja?"

Der Mann erreichte das Ende der Treppe und blieb neben ihr stehen. „Tun Sie mir einen Gefallen. Sagen Sie Max Stone, er soll sich zurückhalten."

Ihr drehte sich der Magen um und Zorn wallte in ihr auf. Ihre Katze grummelte unter ihrer Haut. „Was meinen Sie?", fragte sie, ohne sich die Mühe zu machen, den Ärger aus ihrem Tonfall herauszuhalten.

„Es ist bekannt, dass Brad Peyton begonnen hat, die Konten seiner Familie unter die Lupe zu nehmen, und es ist auch bekannt, dass das alles nur geschieht, weil Max Stone zurück ist und in der Vergangenheit wühlt. Aber die Vergangenheit ist Vergangenheit und kann nicht mehr rückgängig gemacht werden", antwortete der Mann und sah sie mit seinen matten grauen Augen an.

Sie spürte, dass er ihr Angst machen wollte, aber stattdessen war sie rasend vor Wut. Deshalb trat sie näher und beugte sich vor. „Max Stone hat jedes Recht, zu tun, was er verdammt noch mal möchte. Ich weiß ja nicht, wer zum Teufel Sie sind, aber Sie sollten sich vorsehen. Max ist nicht auf sich allein gestellt, also passen Sie besser auf, mit wem Sie sich da anlegen."

Sie schäumte vor Wut, als sie so vor diesem Fremden stand. Obwohl er sich nichts anmerken ließ, spürte sie, dass er von ihrer Antwort überrascht war. Sie standen noch einige Augenblicke lang so da und starrten einander an, bis der Mann sich schließlich abwandte. Sie sah ihm hinterher, bis er um eine Ecke in eine Seitenstraße einbog. Dann zog sie ihr Handy aus der Tasche und rief Hank an.

Sobald er abnahm, legte sie los. „Ich bin auf der Main Street und so ein Shifter, den ich noch nie gesehen habe, hat mir gerade zu verstehen gegeben, dass ich Max sagen soll, er soll sich zurückhalten. Wer auch immer das sein mag, er weiß, dass Brad die Konten seiner Familie durchsucht. Er ist gerade in die Valley Street eingebogen. Wenn du gleich in diese Richtung gehst, kannst du …"

Hank unterbrach sie. „Bin schon in meinem Wagen. Hast du zufällig gesehen, womit er gefahren ist?"

„Nein. Er ist großgewachsen, hat graue Haare und graue Augen. Eindeutig ein Shifter."

„Verstanden. Ich bin jetzt in der Valley. Aha, ich sehe ihn. Ich rufe dich gleich zurück."

Und schon war die Leitung in ihrem Ohr verstummt. Sie kämpfte gegen den Drang an, sich umzudrehen und die Straße hinunterzurennen, um dem Mann zu folgen, aber sie wusste, dass jetzt nicht der richtige Zeitpunkt dafür war. Also machte sie kehrt und ging zügig zurück zum Laden, während sie Max anrief. Es ging nur seine Mailbox ran, also hinterließ sie eine schnelle Nachricht und eilte zurück an die Arbeit.

———

Max stand neben dem rauchenden Haufen Asche im Garten. Er hatte den größten Teil des Vormittags damit verbracht, sich um zwei Reisighaufen zu kümmern. Das jahrelang überwucherte Unkraut und

Gestrüpp im Garten war jetzt nur noch Asche. Vorsichtig zog er eine Harke durch die Kohlen, um sicherzugehen, dass sie abgekühlt waren, bevor er die Harke in der Garage verstaute. Seine Stiefel knirschten über die dünne Schneeschicht auf dem Boden, als er zur hinteren Veranda ging. Er hörte Geräusche vor dem Haus und blieb einen Augenblick lang ganz still stehen. Sein Auto war heute Morgen in der Werkstatt für einen Ölwechsel. Jake hatte ihn hierher mitgenommen, weil er gerade an der Tankstelle aufgetankt hatte, als Max sein Auto abgestellt hatte. Da er wusste, dass sein Auto niemandem seine Anwesenheit verraten würde, zog er sich leise zwischen die Bäume am Rande des Grundstücks zurück. Er hörte, wie die Haustür geöffnet wurde und dann jemand ins Haus trat. Da das Haus größtenteils unmöbliert war, gab es nichts, was den Schall dämpfte, sodass der Parkettboden bei jedem Schritt widerhallte.

Max schlich zwischen den Bäumen hindurch, bis er sicher war, dass man ihn nicht mehr sehen konnte. Dann nahm er die Gestalt eines Berglöwen an. Das Fell wallte über seine Haut und ein gewaltiger Energiestoß durchfuhr ihn. Er wollte von den viel schärferen Sinnen seines Löwen Gebrauch machen und von der Fähigkeit, in Löwengestalt leichter unentdeckt zu bleiben. Einige Augenblicke lang hielt er still, während sich seine Sinne auf seine Veränderung einstellten. Er hörte, wie die Person die Treppe zum Dachboden herunterzog und hinaufstieg. Da er die restlichen Kisten bereits ausgeräumt hatte, gab es dort nichts mehr zu finden. Er hörte einen gemurmelten Fluch und einen Tritt gegen die Wand, bevor eine Gestalt am Fenster erschien. Leider konnte er aufgrund des Sonnenstands nur eine Silhouette erkennen. Aber das reichte ihm, um zu erkennen, dass es sich um eine männliche Person handelte. Er wartete, bis der Mann aus dem Blickfeld verschwunden war und er ihn wieder die Treppe hinuntergehen hörte. Heimlich und schnell bewegte er sich zwischen den Bäumen hindurch auf die Seite des Hauses zu, von wo aus er beide Eingänge des Hauses im Blick hatte.

Innerhalb weniger Augenblicke verließ ein Mann das Haus durch die Hintertür und steuerte auf die Garage zu. Sofort erkannte Max Lee Hogan. Er wünschte, er wäre überrascht gewesen, aber das war er nicht. Er kämpfte gegen den Drang an, aus dem Wald zu stürmen und Lee anzugreifen. Gerade als er dachte, Lee würde in sein Auto steigen und wegfahren, wandte er sich den Bäumen zu und musterte die Umgebung genau. Max war gut in einer Baumgruppe verborgen, die seine Anwesenheit verschleierte. Obwohl Lee etwas zu spüren schien, zuckte er mit den Schultern und wandte sich ab. Nachdem er weggefahren war, tauchte Max tiefer in die Bäume ein und rannte los. Während der eisige Wind durch sein Fell wehte, ließ er seinen Löwen seine Rastlosigkeit ausleben, indem er sich durch den Wald schlängelte und einen felsigen Kamm hinauflief. Er hielt inne, um die malerische Innenstadt von Catamount aus der Ferne zu betrachten. Sein Atem ging stoßweise und sein Löwe ließ endlich von seinem Drang ab, Lee nachzujagen und ihn zur Strecke zu bringen. Nach einigen Augenblicken reckte und streckte er sich und machte sich auf den Weg.

Wenig später, nachdem er sich wieder in seine menschliche Gestalt zurückverwandelt hatte, hielt er in der Küche inne und suchte nach seinem Handy. Als er es dort nicht fand, kehrte er nach draußen zurück und stellte fest, dass er es Stunden zuvor an der Steinmauer liegen gelassen hatte. Jake hatte ihm zwar angeboten, ihn zurück zum Laden zu fahren, aber Max hatte gehofft, dass er diese Gelegenheit nutzen könnte, um ein paar Augenblicke mit Roxanne allein zu sein. Sie hatte sich in den letzten Tagen von ihm ferngehalten und er hoffte, die Mauer zu überwinden, die sie zwischen ihnen aufzubauen versuchte.

Als er auf sein Handy schaute, sah er, dass sie ihm eine Nachricht hinterlassen hatte. Nachdem er sie abgehört hatte, rief er sie sofort zurück. Sobald sie abnahm, fing er an zu reden. „Geht es dir auch gut?"

„Natürlich geht es mir gut! Warum sollte es mir nicht gut gehen?"

„Weil jemand versucht, über dich an mich heranzukommen. Wer zum Teufel hat dich in der Bank angesprochen?", fragte er.

„Keine Ahnung, wer das war, aber Hank ist sofort nach meinem Anruf gekommen und hat den Kerl zum Verhör mitgenommen. Es heißt Bruce Hogan! Anscheinend haben die Hogans überall im Staat Familie. Er ist der Onkel von Lee und Kirk. Wo bist du?"

Nachdem er ihr alles erklärt hatte, bot sie ihm sofort an, ihn zu holen. „Gib mir zehn Minuten. Nachdem du dein Auto geholt hast, können wir ja bei Hank vorbeischauen."

Nachdem sie aufgelegt hatte, rief Max Hank an. Obwohl Roxanne offensichtlich wohlauf war, machte er sich Sorgen, dass sie Bruce Hogans Drohungen heruntergespielt haben könnte. Der Gedanke daran, dass Bruce Roxanne benutzen wollte, um an ihn heranzukommen, wühlte ihn auf. Er wusste, dass dies wahrscheinlich ein Versuch war, ihn von den Ermittlungen zum Tod seines Vaters abzulenken. Außerdem war Max viel mehr an Roxannes Sicherheit interessiert als an seiner eigenen.

„Hank hier", kam Hanks übliche Begrüßung.

„Was ist mit Bruce Hogan los? Roxy hat angerufen und ...“

„Ich habe mich schon gefragt, wie lange du brauchst, um anzurufen“, meinte Hank ruhig. „Bevor du dich zu sehr ereiferst: Bruce sitzt in einer Arrestzelle. Ich habe Anzeige wegen Bedrohung gegen ihn erstattet. Das verschafft mir etwas Zeit, außerdem ist die Anzeige völlig gerechtfertigt. Er ist stinksauer, aber das ist sein Problem, nicht meins. Ich glaube nicht, dass er damit gerechnet hat, dass Roxanne so schnell die Polizei rufen würde. Es war reines Glück, dass ich ihn gefunden habe, bevor er zu seinem Auto gelangt ist. Ich war schon in meinem Wagen, als sie angerufen hat, also war ich in Sekundenschnelle da.“

„Verdammt, ich möchte sichergehen, dass Roxy nicht in diese Sache verwickelt wird“, meinte Max, während sich seine Brust zusammenzog und der Ärger in ihm aufstieg. Er wollte Antworten auf den Unfall seines Dads. Das war er seinen Eltern schuldig. Aber er wollte auf keinen Fall, dass seine Nachforschungen in Bezug auf die Vergangenheit Roxy in Gefahr brachten.

„Roxanne kommt schon klar. Sie kann besser auf sich selbst aufpassen als die meisten. Klingt, als hätte sie ihm die Leviten gelesen und ihn dann zum Teufel gejagt“, erklärte Hank mit einem leisen Glucksen.

„Mich kotzt das immer noch an“, erwiderte Max scharf.

In diesem Augenblick bog Roxannes Kombi in die Einfahrt ein. „Hank, Roxy ist hier, um mich abzuholen. Wir sind gleich da.“

Er lief zu ihrem Auto und stieg ein, unerklärlich erleichtert, sie zu sehen. Sie fing sofort an zu reden, während sie zur Werkstatt fuhr. Währenddessen sah er sie einfach nur an. Ihr Haar hatte sich aus dem

Knoten gelöst und goldblonde Locken fielen ihr um die Schultern. Ihre Wangen waren rosig von der Kälte, und sie strahlte Lebendigkeit und Kraft aus. Er wusste, dass sie nur eine flüchtige Begegnung mit Bruce auf der Straße gehabt hatte, aber sie bedeutete ihm so verdammt viel, dass selbst eine kleine Drohung ihn erschreckte und erzürnte. Sie verlangsamte den Wagen und bog auf den Parkplatz der Werkstatt ein. Als sie zum Stehen gekommen war, wandte sie sich ihm zu.

„Hast du irgendetwas von dem gehört, was ich gerade gesagt habe?", fragte sie verärgert.

Er schaute zu ihr hinüber und schüttelte langsam den Kopf. „Das kann ich nicht gerade behaupten."

„Hm", antwortete sie und verdrehte die Augen. „Was ist nur los mit dir? Endlich kommen wir bei der Sache mit deinem Dad weiter und du bist völlig neben der Spur."

Er griff über die Konsole zwischen den Sitzen und zog sie für einen wilden Kuss zu sich heran. Als er sich zurücklehnte, sah sie erschrocken drein. „Ich möchte nicht, dass du da mit hineingezogen wirst. Das macht mir Angst, und ich möchte dich nicht in Gefahr bringen", erklärte er ohne Umschweife.

Sie blickte ihn an, öffnete den Mund, als wolle sie etwas sagen, und schloss ihn dann wieder. Dann errötete sie und schaute aus dem Fenster. Ein leichter Schneefall hatte eingesetzt. Er konnte spüren, wie sich die Rädchen in ihrem Kopf drehten und spürte ihre Aufregung. Er hatte sein Bestes getan, um ihr den nötigen Freiraum zu geben, aber das hier war etwas ganz anderes.

Plötzlich wandte sie sich wieder ihm zu, mit dunklen Augen, die vor Wut fast übersprudelten. „Du hast mich nicht in irgendwas hineingezogen. Wage es ja nicht, mich wie ein Alpha zu behandeln und mir zu sagen, dass ich mich da raushalten soll. Du kannst dir Sorgen machen, genauso wie ich mir Sorgen um dich machen würde, aber das war's. Ich kann prima auf mich selbst aufpassen. Das hier ist nichts im Vergleich zu dem, was mit dem Schmugglernetzwerk hier abgegangen ist. Du vergisst, dass ich mindestens genauso gut kämpfen kann wie du."

Früher, als sie zusammen aufgewachsen waren, hatten sie in Löwengestalt gegeneinander und mit Freunden im Wald gekämpft. Die Weibchen hatten mit Schnelligkeit und Anmut gefochten und hatten sich mit Leichtigkeit behaupten können. Roxanne hielt seinen Blick mit ihrem eigenen feurigen Blick fest. Er wusste, dass er nichts tun konnte, um sie aufzuhalten, aber das hieß nicht, dass ihm das gefiel. Ganz und gar nicht. Schließlich nickte er, wobei er sich fast dazu zwingen musste. „Also gut, ich hab's ja kapiert. Vielleicht kann ich dich da nicht raushalten, aber versuch doch wenigstens zu verstehen, was ich fühle."

„Habe ich nicht gerade gesagt, dass du dir Sorgen machen darfst?", konterte sie trotzig.

„Doch, hast du", erwiderte er und ein halbherziges Glucksen begleitete seine Worte.

Sie schüttelte den Kopf und verdrehte die Augen. „Und jetzt hol dein Auto und lass uns zu Hank fahren."

KAPITEL FÜNFZEHN

Max lehnte an der Wand in Hanks Büro. Roxanne war soeben nach einem Anruf aus dem Laden gegangen, weil der wichtigste Backofen kaputtgegangen war. Bevor sie sich verabschiedet hatte, hatte sie Max und Hank noch einen scharfen Blick zugeworfen und darauf bestanden, dass sie später im Laden vorbeikommen sollten, um sie auf den neuesten Stand zu bringen. Hank hatte bei den Ermittlungen eine Menge herausgefunden, vor allem dank der Arbeit von Jake und Lily.

„Jake kann dich genauer unterrichten, aber dein Dad hatte absolut recht damit, dass Wallace Geld veruntreut hat. Wallace und Marshall Hogan waren maßgeblich dafür verantwortlich, dass die Fabrik untergegangen ist. Jake und Lily haben alles zurückverfolgt, auch wohin das Geld geflossen ist. Ich vermute, Bruce hat sich schmieren lassen, deshalb rasselt er auch mit den Säbeln. Wallace hat das Geld zwar nicht gebraucht, aber er war immer auf der Suche nach mehr. Aber für die Hogans war das Geld eine große finanzielle Stütze", erklärt Hank.

„Wie finden wir nun heraus, ob sie etwas mit dem Unfall meines Dads zu tun haben?", fragte Max.

„Daran arbeite ich gerade. Wir haben ein kleines Druckmittel, weil Bruce aus der Reihe getanzt ist. Ich hoffe auch, dass Brad Peyton seinen Dad unter Druck setzen kann. Wallace hat nicht mehr viel zu verlieren."

Hanks Handy klingelte und er schnappte es sich vom Tisch, um abzunehmen. Während er mit dem Anrufer sprach, lehnte Max seinen Kopf zurück und schloss die Augen. Er wäre so gerne erleichtert gewesen, als er erfahren hatte, dass sein Vater vor all den Jahren recht gehabt hatte, aber er empfand lediglich eine neue Welle von Kummer über das ganze schreckliche Chaos.

„Hey, du." Eine Stimme ertönte von der Tür her.

Max öffnete die Augen und drehte seinen Kopf zur Seite, wo er Jake in der Tür stehen sah. „Hey Mann. Hank hat mir gerade erzählt, was du und Lily alles aufgespürt habt. Danke, dass ihr das gemacht habt. Ich kann dir gar nicht sagen, wie viel mir das bedeutet."

Jake zuckte mit den Schultern. „Kein Problem. Das ist mein Job. Ehrlich gesagt war es ziemlich einfach, vor allem, weil das System so alt und ungeschützt war. Nachdem ich die Spuren in der Buchführung gefunden hatte, hat Lily herausgefunden, wohin das Geld geflossen ist. Gerade war ich kurz bei Roxanne auf einen Kaffee und sie hat erwähnt, dass ihr heute ein anderer Hogan auf die Pelle gerückt ist, also habe ich gedacht, ich schaue mal nach, was los ist."

Hank legte auf und winkte Jake in sein Büro. „Ich habe Max gerade den Stand der Dinge mitgeteilt."

„Das hat er schon erzählt", antwortete Jake. „Was höre ich da von Roxanne? Ich glaube nicht, dass ich Bruce Hogan jemals begegnet bin."

„Er ist Marshalls Bruder. Wohnt ein paar Städte nördlich von hier", berichtete Hank und fasste Roxannes kurze Begegnung und sein anschließendes Gespräch mit Bruce schnell zusammen. „Dank deiner Bemühungen weiß er, dass wir die Veruntreuungen aufgedeckt haben, und hoffentlich ist er bereit, einen Deal einzugehen."

Kurze Zeit später betrat Max Roxannes Laden und machte sich auf den Weg zur Frischeabteilung. Als er Roxanne draußen nicht sah, warf er Joey einen kurzen Blick zu, der ihm ein Zeichen gab, nach hinten zu gehen. Dort fand er Roxanne, die sich gerade mit dem Mechaniker für den Propangasherd herumschlug. Als sie Max sah, hielt sie kurz inne und setzte dann ihr Gespräch fort. Nach einer weiteren Minute hatte sie den Monteur dazu gebracht, zähneknirschend zuzustimmen, ein Stück mit dem Preis runterzugehen.

Roxanne war sehr hartnäckig. Ihr zufriedenes Lächeln und ihr flüchtiger Kuss auf die Wange des bedrängten Mannes brachten Max fast zum Lachen. Nachdem der Mann gegangen war, wandte sie sich Max zu. „Gut, was habe ich verpasst?"

„Nicht viel."

Sie neigte den Kopf zur Seite und kniff die Augen zusammen. „Hat Hank sich noch mal mit Bruce unterhalten?"

„Nicht, während ich da war."

Sie stemmte die Hände in die Hüften und funkelte ihn an. „Du hättest ihn dazu bringen sollen!"

„Er hat gesagt, er wollte Bruce eine Weile schmoren lassen, bevor er sich wieder mit ihm unterhält. Und das leuchtet mir ein."

„Na schön! Und sonst nichts? Nur das, was Hank uns von Jake erzählt hat?"

„Mehr nicht." Max hielt inne und atmete langsam

ein. Er versuchte, nicht zu viel darüber nachzudenken, aber nun kam der schwierige Teil. Dank Jake und Lily war es nicht allzu schwierig gewesen, die alten Verdächtigungen seines Vaters zu bestätigen. Doch jetzt mussten sie herausfinden, ob sie beweisen konnten, dass jemand den Unfall eingefädelt hatte, bei dem sein Dad ums Leben gekommen war.

Roxanne ließ die Hände von ihren Hüften gleiten. „Alles in Ordnung mit dir?", fragte sie.

Ihre Frage erwärmte und erschreckte ihn zugleich. Sie hatte ihn schon immer gut einschätzen können. Es gefiel ihm, dass sie immer noch diese Verbindung hatten. Trotzdem wollte er diese langwierige Phase des Ungewissen endlich hinter sich lassen. Sie war mal so und mal so, und er war sich nicht ganz sicher, wann es an der Zeit war, das Thema anzusprechen. Schließlich zuckte er mit den Schultern. „Keine Ahnung. Es ist wirklich großartig, dass mein Dad mit der Unterschlagung in der Fabrik Recht behalten hat. Ich hoffe nur, dass wir herausfinden können, wer bei seinem Tod seine Hand im Spiel gehabt hat. Ich meine, was ist, wenn es wirklich ein einfacher Unfall war? In Papierfabriken passieren immer wieder Zwischenfälle. Mein Dad könnte von der Unterschlagung erfahren haben und trotzdem nur Pech gehabt haben."

Roxanne lehnte ihre Hüfte gegen das Regal an der Wand. „Das mag sein, aber das erklärt nicht, warum Wallace deine Mutter angerufen hat, um ihr sein Beileid auszusprechen, bevor dein Dad gestorben ist. Und es erklärt auch nicht, warum die Hogans so entschlossen sind, dich daran zu hindern, das alles zu untersuchen."

„Doch, schon. Die Hogans wollen nicht, dass die Veruntreuungen ans Licht kommen. Schließlich haben sie eine Menge Kohle damit verdient. Wenn die

Behörden das beweisen können, und das können sie mit dem, was Jake gefunden hat, droht ihnen eine Menge Ärger."

Sie nickte langsam und fuhr mit der Fingerspitze an der Kante eines Regals entlang. „Gut, vielleicht schon, aber Wallaces Anruf gibt uns genug Grund zu vermuten, dass es mehr als ein Unfall war."

„Vielleicht." In diesem Augenblick wollte sich Max nicht damit beschäftigen. Das machte ihn alles bloß unruhig und angespannt, aber das tat Roxanne auch.

Er machte ein paar Schritte, bis er direkt vor ihr stand. „Wie wäre es, wenn wir im Trailhead Café etwas essen gehen?"

Sie sah ihn einen langen Augenblick lang schweigend an, bevor sie langsam den Kopf schüttelte. „Ich muss heute bis Ladenschluss bleiben. Außerdem bin ich mit dem Backen im Rückstand. Wenn der Ofen auch nur für ein oder zwei Stunden ausfällt, gerät alles durcheinander."

Er unterdrückte das frustrierte Grollen, das in ihm aufstieg. „Wie wäre es, wenn ich heute Abend mithelfe? Ich habe nur noch bis nach Weihnachten so viel Zeit, also nutze sie, solange du kannst", bot er ihr grinsend an.

Sie sah kurz beiseite und dann wieder zu ihm. „Ich weiß nicht, ob das so eine gute Idee ist."

Seine Brust verspannte sich. Ihr Blick war abweisend. Er zwang sich, tief Luft zu holen, bevor er antwortete. „Warum sagst du das?"

Wieder huschte ihr Blick weg und zurück. Sie zuckte mit den Schultern, und in ihrem Blick lag ein Gefühl der Unsicherheit. „Keine Ahnung. Max, das geht alles so schnell. Ich hätte nie gedacht, dass ich dich wiedersehen würde, und jetzt bist du hier. Ich möchte ..." Sie hielt inne und schüttelte heftig den

Kopf. „Ich weiß eigentlich auch gar nicht, was ich möchte. Ich brauche nur Zeit, um sicherzugehen. Ich habe das Gefühl, dass alles außer Kontrolle geraten ist. Ich weiß, du sagst, dass du dir deiner Gefühle sicher bist, aber ich habe das Gefühl, dass es zu früh ist, um das zu sagen. Wir sind noch in so einer Art Flitterwochenphase oder so ähnlich. Gib mir einfach etwas Zeit, um mir über alles klar zu werden. In deiner Gegenwart kann ich einfach nicht klar denken", stellte sie unverblümt fest.

Er nahm ihre Worte in sich auf und hätte sie am liebsten gepackt und weggezerrt, um ihr mit seinen Händen und seinem Körper zu zeigen, wie stark das Band zwischen ihnen war. Dieses Band war lebendig und kraftvoll und ließ sich nicht leugnen. Er zwang sich, noch einmal tief durchzuatmen, und versuchte, sein Tempo zu drosseln, bevor er zu viel von ihr verlangte. In ihrer jugendlichen Liebe hatten sie sich nur selten gestritten, aber wenn, dann hatte sich Roxannes leidenschaftliches Wesen in ihrem Ärger gezeigt. Er wusste, wenn er versuchte, sie zu drängen, würde sie wahrscheinlich zurückschlagen. Und zwar mit aller Kraft. Ein weiterer Atemzug und er sah ihr wieder in die Augen. Aber er wollte verdammt sein, wenn er nicht ganz ehrlich zu ihr wäre. „Ich weiß, dass es schnell geht, aber nicht für mich. Ich habe fünfzehn verdammte Jahre darauf gewartet, das wiedergutzumachen, was wir einst verloren haben. Und was wir damals gehabt haben, haben wir auch heute noch. Das weiß ich mit jedem Teil von mir. Ich bemühe mich, geduldig zu sein, aber du sollst wissen, dass ich keine Zweifel an uns habe und auch nie haben werde."

Ihre Augen schimmerten vor Tränen und sie holte zaghaft Luft. „Gut. Aber lass mir wenigstens ein bisschen Freiraum."

„Das versuche ich, aber es ist ein bisschen verwirrend, dass du das sagst, während du dich gleichzeitig mitten in die Ermittlungen zum Unfall meines Dads hineinstürzt." Er hatte nicht über seine Worte nachgedacht; er war total durcheinander und verletzt. Es schien, als wolle sie bestimmen, wann sie sich einbrachte und wann nicht.

Sie sah überrumpelt aus. „Max, ich versuche doch nur zu helfen."

„Ich weiß, aber du musst zugeben, dass du widersprüchliche Signale aussendest. Du möchtest, dass ich mich zurückhalte und dir Freiraum gebe, und gleichzeitig steckst du deine Nase mitten in etwas, das mir wirklich wichtig ist. Das bringt mich ziemlich durcheinander. Das ist alles, was ich sagen will."

Bei diesen Worten zwang er sich, einen Schritt zurückzutreten. Sein Löwe grummelte innerlich. Wenn Roxy in der Nähe war, erwachte seine urtümliche Seite und die musste er vorerst im Zaum halten. Er wandte sich ab. „Ich lasse dich jetzt lieber in Frieden. Ich weiß, dass du viel zu tun hast." Er gab ihr keine Gelegenheit, etwas zu erwidern, wirbelte herum und stapfte davon.

———

Roxanne schüttelte den Schnee von ihren Stiefeln, als sie den Hintereingang des Ladens betrat. Der Wind heulte und es schneite heftig. Catamount befand sich inmitten des ersten Wintersturms der Saison und Weihnachten war nur noch eine Woche entfernt. Sie schloss die Tür hinter sich, zog schnell ihre Jacke aus und schüttelte den Schnee ab, bevor sie sie an die Hakenreihe neben der Tür hängte. Es war kurz vor Ladenschluss und sie war auf dem Rückweg von einem

Tagesausflug nach Boston, um sich mit Vorräten zum Backen und Kochen einzudecken, bevor nächste Woche der letzte Ansturm auf die Feiertage losgehen würde.

Sie schlüpfte in ein Paar Clogs und stand einen langen Augenblick lang da. Seit sie Max gebeten hatte, ihr etwas Freiraum zu geben, fühlte sie sich einsam und unausgeglichen. In der vergangenen Woche hatte er sich von ihr ferngehalten, und das gefiel ihr ganz und gar nicht. Sie lehnte sich gegen die Wand, seufzte und kämpfte gegen die aufsteigenden Tränen an. Sie wollte nicht den Eindruck erwecken, irgendwelche Spielchen zu spielen, aber im Nachhinein sah sie ein, dass sie widersprüchliche Signale ausgesendet hatte. Sie war so überwältigt von ihren Gefühlen, dass sie nichts gegen die Leidenschaft tun konnte, die zwischen ihnen knisterte und brodelte. Doch dann hatte sie versucht, sich zurückzureißen. Zuerst hatte sie das Gefühl gehabt, dass sie diejenige gewesen war, die verletzt worden war und die Wiedergutmachung verdient hatte. Doch jetzt, da sie die Umstände des Todes von Max' Vater und die Ängste seiner Mutter, ihn von Catamount fernzuhalten, besser verstanden hatte, konnte sie Max nicht mehr länger die Schuld in die Schuhe schieben.

Seit sie diese klare Grenze gezogen hatte, tat ihr das Herz genauso weh wie vor Jahren, als Max sie verlassen hatte. Noch schlimmer war, dass sie wusste, dass er in der Nähe war und sich nur deshalb von ihr fernhielt, weil sie ihn darum gebeten hatte. Die Tür am Ende des Flurs öffnete sich, Diane trat hindurch und steuerte mit schnellen Schritten auf den Lagerraum zu, in dem die Vorräte für den Lebensmittelbereich aufbewahrt wurden. Diane blickte auf und ihre Augen weiteten sich, als sie Roxanne sah.

„Hey du! Ich habe mich schon gefragt, wann du zurückkommen würdest. Wie war es in Boston?", fragte Diane.

Roxanne stieß sich von der Wand ab und versuchte, ein Lächeln zustande zu bringen, aber das wollte ihr nicht recht gelingen. Diane war an der Tür zum Lagerraum stehen geblieben, trat wieder vor und hielt inne, als sie Roxanne erreichte. „Hey", sagte sie leise. „Alles in Ordnung?"

Roxanne begann zu nicken und brach dann prompt in Tränen aus. Diane zog sie in eine Umarmung, trat zurück und drückte Roxannes Hände. „Ist in Boston irgendwas vorgefallen?"

Roxanne schniefte laut und strich sich mit dem Ärmel über das Gesicht. „Nein. Ich habe alles, was wir brauchen. Ich wollte gerade Joey bitten, beim Ausladen zu helfen. Aber ich habe ein paar Augenblicke gebraucht, bevor ich mich auf den Rückweg gemacht habe, da die Rückfahrt durch den Schnee ein wenig brenzlig war."

„Mhm. Allerdings habe ich dich noch nie wegen einer schlechten Straße weinen sehen", stellte Diane mit einem verwunderten Ausdruck in den Augen fest. „Was ist los?"

Roxanne holte tief Luft. „Die ganze Sache mit Max hat mich ganz schön aus dem Konzept gebracht. Ich weiß nicht, was ich tun soll, und ich habe Angst, dass ich es vermasselt habe."

Diane lehnte sich an die Wand gegenüber von ihr und legte ihren Kopf zur Seite. „Ah, verstehe. Aber du hast ihm doch gesagt, dass du etwas Freiraum brauchst. Max hat sich hier seit letzter Woche nicht mehr blicken lassen, also scheint er zu befolgen, was du wolltest."

Roxannes Kehle schnürte sich wieder zu, als sie

nickte. Natürlich hatte Max genau das getan, worum sie ihn gebeten hatte, was sie wieder einmal daran erinnerte, dass er ein guter Mann war, der sie achtete. „Stimmt."

Diane sah sie einen Augenblick lang an, ihre Augen verengten sich. „Wo liegt dann das Problem?"

„Ich schätze, ich möchte doch nicht so viel Freiraum", antwortete Roxanne schließlich.

Diane lächelte langsam. „Gut, dass du das herausgefunden hast. Aber warum klärst du ihn dann nicht auf?"

Roxanne seufzte. „Weil ich mir wie eine Idiotin vorkomme und nicht den Eindruck erwecken möchte, dass ich irgendwelche Spielchen spiele. Ich schätze, ich wollte mehr Zeit haben, damit sich die Dinge langsam entwickeln, als dass ich Freiraum brauche."

„Ich denke, das solltest du besser ihm sagen, nicht mir", erwiderte Diane knapp.

Roxanne verdrehte die Augen. „Das weiß ich doch. Ich bin nur total durch den Wind. Und ich kann immer noch nicht fassen, dass er wirklich hier ist."

„Doch, das ist er. Und was auch immer du tust, lass deinen Stolz nicht in die Quere kommen."

„Soll das heißen, dass ich genau das tue?"

Diane schüttelte den Kopf. „Nein, ich weiß lediglich, dass du vielleicht dazu neigst, stur zu sein", meinte sie mit einem leisen Lachen.

Roxanne atmete tief durch und die Anspannung in ihrer Brust löste sich durch Dianes spielerische Bemerkung. „Schon gut. Nun, du hast genug zu tun, als mich aufzumuntern. Ich hole Joey und ..."

Als sie sich von der Wand wegdrückte, unterbrach Diane sie. „Geh du ihn holen. Dann helfe ich Joey beim Ausladen, wenn du ein bisschen die Stellung vorne hältst. Übrigens wollte ich gerade eine Kiste

Preiselbeermarmelade holen, um das Regal vorne aufzufüllen.

„Abgemacht!“

Roxanne eilte in den Lagerraum. Mit dem Karton voll Preiselbeermarmelade im Arm ging sie nach draußen, um Joey zu holen, während Diane ihre Jacke und Stiefel anzog, um den Truck zu entladen.

KAPITEL SECHZEHN

Stunden später drehte Roxanne das Schild im Fenster auf „geschlossen" und schloss die Tür ab. Sie hatte alle früh nach Hause geschickt und Diane praktisch vor die Tür gesetzt. Der Schneesturm war im Laufe des Abends immer schlimmer geworden. Der Schnee wehte nun seitwärts und fiel so heftig, dass die Main Street jetzt völlig im Dunklen lag. Sie lief durch den ruhigen Laden und hörte nur noch das Rauschen des Schnees draußen. Als sie die Küche des Feinkostbereichs betrat, überprüfte sie, ob alles ausgeschaltet war. Sie wünschte sich, Max wäre hier. Nichts würde sie lieber tun, als sich oben neben ihm einzurollen und den Schneesturm vor dem Feuer abzuwarten. Der Wunsch, ihn zu sehen, war so stark, dass es ihr innerlich wehtat. Sie erinnerte sich an Dianes Bemerkung über ihren Stolz und schüttelte den Kopf. Sie würde sich schon noch trauen, Max gegenüberzutreten – so oder so.

Sie steuerte auf den hinteren Flur zu, der nach oben führte, und zuckte zusammen, als die Tür zum hinteren Parkplatz aufflog. Das Licht im Gang war so hell, dass sie Lee Hogan deutlich erkannte. Bevor sie noch irgendetwas sagen konnte, packte er sie am Arm und schleifte sie unsanft nach draußen. Sie wehrte sich gegen seinen Griff, und ihre Instinkte übernahmen die Kontrolle. Sie begann sich zu wandeln und spürte, wie die Kraft durch ihren Körper rauschte.

„O nein, das tust du nicht", rief Lee.

Sie spürte einen Stich in ihrer Schulter und war plötzlich ganz schwach. Lee zerrte sie zu seinem Truck und schob sie hinein. Sie war noch bei Bewusstsein, um zu wissen, dass er sie gerade betäubt hatte, aber ihr Verstand war wie benebelt und sie fühlte sich, als würde sie unter Wasser schwimmen, alles war gedämpft und verschwommen. Sie versuchte, sich innerlich zu sammeln, aber sie konnte sich nicht gegen das wehren, was er ihr in den Arm injiziert hatte. Er startete seinen Truck und raste auf die Main Street hinaus. Entschlossen, zu erfahren, wohin er sie brachte, schaffte sie es gerade noch, die Augen offen zu halten. Zu ihrer Überraschung brachte er sie direkt zum Haus seines Vaters. Seine Mutter war vor ein paar Jahren an Krebs gestorben, und soweit sie wusste, lebte nur sein Vater hier. Als er den Wagen ruckartig zum Stehen brachte, betrachtete er sie.

„Ich hätte dir ein bisschen mehr geben sollen. Aber das macht nichts. Du bist ohnehin bloß ein Druckmittel", stellte er fest, stieg aus dem Truck und kam an ihre Seite.

Sie zitterte in der Kälte, da sie es natürlich nicht geschafft hatte, sich eine Jacke überzuziehen, nachdem er sie gepackt hatte. Als er sie aus dem Truck zerrte, klatschte ihr der eisige Schnee gegen die Wangen und ein heftiger Schauer durchfuhr sie. Lee hielt ihren Arm fest, während er sie ins Haus zerrte. Sie war noch nie in dem Haus gewesen und kannte es nur, weil die

Hogans Shifter waren. Es war eine kleine Ranch, von außen ziemlich unscheinbar und hatte eine graue Fassade. Er führte sie durch eine Seitentür in die Küche, wo er sie in einen Stuhl drückte. Die Küche war leer.

Sie sah sich unschlüssig um und betrachtete den Tresen, der sich an einer Wand entlangzog, sowie den Herd und den Kühlschrank an der anderen. Sie saß an einem runden Tisch mit Stühlen. Die Wände waren schmuddelig weiß, und der Raum enthielt keinerlei Dekorationsgegenstände. Lee schritt davon, ohne sich die Mühe zu machen, noch etwas zu sagen. Sie hörte seine Schritte in einem Flur, der durch eine Türöffnung zu sehen war, und dann ein Stimmengemurmel. Nach ein paar Minuten kam Lee zurück und sein Vater folgte ihm langsamer. Lee sah seinem Vater ziemlich ähnlich. Sie hatten die gleichen stumpfen braunen Augen und mattes braunes Haar, aber Marshall Hogan hatte inzwischen graue Strähnen in seinem Haar. Er setzte sich Roxanne gegenüber an den Tisch und musterte sie.

„Roxanne Morgan", sagte er langsam.

Sie sah zu ihm hinüber und ärgerte sich darüber, wie träge sich alles in ihr anfühlte, kämpfte aber auch gegen eine unterschwellige Angst an. Die Droge hatte sich eindeutig auf ihre Kräfte ausgewirkt, aber geistig war sie immer noch sie selbst, wenn auch etwas verwirrt. Ärger machte sich in ihr breit, aber sie blieb ruhig.

„Diesmal hast du dir so richtig Ärger eingehandelt", erklärte Marshall. „Du und deine Freunde wart ja mächtig stolz auf euch, nachdem ihr die Shifter eingesperrt habt. Das Schmugglernetzwerk ist mir scheißegal, aber einer meiner Jungs sitzt deswegen hinter Gittern. Deshalb lasse ich auf keinen Fall zu, dass Max Stone und deine Freunde mir jetzt Schwierigkeiten machen. Ich werde kein Blatt vor den Mund nehmen. Ich habe Wallace' Drecksarbeit in der Fabrik erledigt und wir haben einen Haufen Kohle unterschlagen. Die Fabrik ist untergegangen und das war's. Mit dem Tod von Max' Daddy hatte ich nichts zu tun, aber ich lasse nicht zu, dass mein Junge wegen dieser Sache in den Knast wandert. Lee glaubt, dass du Max' Schwachstelle bist, also behalten wir dich hier, bis wir mit dem alten Hank Anderson verhandeln können."

Roxanne nahm seine Worte in sich auf und versuchte, den Nebel in ihrem Kopf zu beseitigen. Sie wusste nicht, ob sie richtiglag, weil sie halb weggetreten war, aber sie hatte Marshall geglaubt, als er behauptet hatte, nichts mit dem Unfall zu tun zu haben, bei dem Max' Vater ums Leben gekommen war. Aber das änderte nichts an der Tatsache, dass sie unter Drogen stand und in ihrem Haus gefangen war. Niemand wusste, wo sie war, und wahrscheinlich würde man ihre Abwesenheit erst morgen früh bemerken, wenn sie nicht zur Arbeit in der Küche des Sandwichladens auftauchte.

———

Max hörte ein lautes Klopfen an der Tür zu seinem Zimmer im Inn. Er hatte gerade geduscht und sich angezogen. Als er die Tür öffnete, stand Hank vor ihm.

„Ist Roxanne da?", fragte Hank, ohne sich die Mühe zu machen, ihn zu begrüßen.

„Äh, nein", antwortete er und schnell keimte Besorgnis in ihm auf.

Hanks Augen weiteten sich leicht. „Verdammt. Ich

hatte gehofft, sie wäre hier. Wann hast du das letzte Mal von ihr gehört?"

„Ist schon fast eine Woche her."

Hank nickte heftig. „Dann komm mit. Sie ist heute Morgen nicht zur Arbeit erschienen. Diane hat schon oben in ihrer Wohnung nachgesehen, und es sieht nicht so aus, als hätte sie letzte Nacht dort geschlafen. Ich habe gedacht, dass sie bei dir sein muss, aber jetzt sieht es so aus, als wüsste niemand, wo sie ist."

Max' Magen krampfte sich zusammen. Er drehte sich zur Seite, schnappte sich seine Jacke und schlüpfte in seine Stiefel. „Lass uns gehen."

Er lief hinter Hank die Treppe hinunter und setzte sich in seinen Streifenwagen. „Hat irgendjemand eine Vermutung, wo sie sein könnte?"

Hank schüttelte den Kopf und setzte den Wagen zügig zurück. „Nein. Ich muss sagen, als Diane angerufen hat, habe ich gedacht, dass das kein großes Geheimnis sein würde – sie ist bei dir. Aber ich hatte ein schlechtes Gefühl und jetzt ist es noch viel schlimmer."

Hank raste zur Polizeiwache. In kürzester Zeit hatte er Unterstützung angefordert, um in Catamount nach Roxanne Ausschau zu halten. Ihr Auto stand genau dort, wo es sein sollte, aber die Hintertür des Ladens war nicht verschlossen worden. Falls jemand dort gewesen war, hatte der heftige Schneefall die Reifen- und Fußspuren verwischt. Max war kaum in der Lage, sich zurückzuhalten, als er in Hanks Büro auf und ab schritt.

Hank nahm einen Anruf entgegen und wurde ganz ruhig. Nachdem die letzte Stunde eine rasante Abfolge von Anrufen und Gesprächen gewesen war, war Hanks Stille seltsam. Max wandte sich ihm zu.

„Also gut, Marshall. Wenn du reden willst, höre ich

dir zu“, antwortete er langsam. „Soll ich bei dir vorbeikommen?“

Hank hielt inne und lauschte aufmerksam. Max trat an seine Seite und Hank hielt einen Finger hoch. „Marshall, ich kann ja verstehen, dass du dir Sorgen machst, aber Roxanne dort zu behalten, hilft niemandem und schon gar nicht dir.“

Max fuhr herum und achtete nicht auf Hank, der versuchte, ihn am Arm zu packen. Sobald er draußen war, rannte er los. Er kämpfte gegen den Drang an, sich zu wandeln, denn es war gefährlich, sich vor aller Augen zu wandeln, aber er rannte so schnell er konnte. Er wusste, dass Marshalls Haus nur ein paar Blocks entfernt war und schaffte es in wenigen Minuten dorthin. Als er in die Einfahrt einbog, hörte er ein Auto hinter sich und schaute über seine Schulter, als er Hanks Streifenwagen sah. Hank kurbelte das Fenster herunter.

„Max, warte auf mich. Marshall ist bereit zu reden, also lass uns das Ganze abwarten“, verkündete Hank.

„Nicht, wenn er Roxanne nicht sofort freilässt“, sagte Max, dessen Groll ihn in Wellen durchfuhr. Er konnte sich kaum erlauben, an seine unterschwellige Angst um sie zu denken, also ließ er die Wut durch sich hindurchfluten. Das war das Einzige, was ihn noch zusammenhielt.

Hank bog in die Einfahrt ein und stieg aus. Er stellte sich direkt an Max’ Seite. Obwohl Max wusste, dass Hank genug Verstand besaß, um sich nicht am helllichten Tag zu wandeln, strahlte er Stärke und Kraft aus. Max wusste, dass er sich einen Kampf einhandeln würde, wenn er versuchte, Hank beiseite zu schieben. Er ballte die Fäuste und atmete langsam ein und zischend wieder aus.

„Was hast du verdammt noch mal vor? Wehe, du lässt zu, dass sie Roxanne als Druckmittel benutzen."

Hank sah ihn einen Augenblick lang an, bevor er antwortete. „Dafür ist es zu spät. Sie haben sie bereits in ihrer Gewalt. Marshall hat mich mit ihr reden lassen. Wenn du gewartet hättest, hättest du selbst mit ihr reden können. Sie klingt etwas benommen, aber sie lebt und sagt, dass sie nicht verletzt ist. Ich vermute, Lee hat sie unter Drogen gesetzt. Ich wüsste nicht, wie er sie sonst hätte entführen können. Sie hätte sich gewandelt, und sie ist eine verdammt gute Kämpferin."

Ein weiterer Wutanfall durchfuhr Max und er schritt wieder auf das Haus zu. Hank legte ihm eine Hand auf den Arm und hielt ihn fest. Max riss sich los und setzte seinen Weg fort. Hank folgte an seiner Seite und redete schnell auf ihn ein. „Gut, wenn ich dir das nicht ausreden kann, dann lass es uns nicht noch schlimmer machen. Du könntest Roxanne noch mehr in Gefahr bringen, als sie ohnehin schon ist, wenn du dich da unüberlegt hineinstürzt. Marshall will reden, also lassen wir ihn."

Hanks Worte drangen durch den Schleier seiner Wut und obwohl Max sich nicht dazu durchringen konnte, ihm ausdrücklich zuzustimmen, wandelte er sich nicht und hielt bloß inne, als sie die Tür erreichten. „Plan?", fragte er unvermittelt.

Hank sprach leise vor sich hin. „Verstärkung wartet hinter den Bäumen hinter dem Haus und auf der Straße. Ich übernehme das Reden. Du wartest draußen, es sei denn, Marshall ist einverstanden, dass du reinkommst. Kapiert?"

Max nickte und dachte, er könnte das Haus umrunden und herausfinden, wo Roxy war. Als Hank klopfte, öffnete sich die Tür und Lee stand da. Sein

Blick huschte zwischen Hank und Max hin und her. „Nur du“, antwortete er und deutete auf Hank. Mit einem leichten Grinsen drehte er sich zu Max um. „Du wirst warten müssen.“

Sobald Hank die Schwelle überschritten hatte, schlug Lee die Tür zu. Max unterdrückte den Drang, sich zu wandeln und lehnte sich gegen das Geländer der kleinen Veranda. Er würde sich ein paar Minuten Zeit lassen, bevor er das Haus umrundete.

———

Irgendwann in der Nacht war Roxanne in ein kleines Schlafzimmer am Ende des Flurs geführt worden. Sie hörte Stimmen, konnte aber nichts von dem, was gesagt wurde, verstehen. In dem Zimmer befanden sich lediglich ein einzelnes Bett, das an die Wand gelehnt war, und ein kleiner Tisch. Das einzige Fenster war zu klein, als dass sie hindurchklettern hätte können. Die Nacht war nur schleppend verlaufen. Obwohl sie sich dagegen gesträubt hatte, hatte sie immer wieder das Bewusstsein verloren. Das Beruhigungsmittel, das man ihr gegeben hatte, hatte es ihr zeitweise fast unmöglich gemacht, wach zu bleiben. Heute Morgen war sie jedoch teilweise erleichtert, dass sie ein wenig geschlafen hatte, denn sie fühlte sich stärker. Sie war immer noch nicht hundertprozentig fit, aber sie glaubte, dass sie sich jetzt erfolgreich wandeln konnte. Der einzige Grund, warum sie das noch nicht getan hatte, war, dass sie den richtigen Zeitpunkt abwarten wollte.

Sie schritt leise zur Tür und lauschte angestrengt. Sie glaubte, Hanks Stimme zu erkennen, aber sie war sich nicht sicher. Sie glaubte nicht, dass Marshall und Lee ihr etwas antun wollten, aber sie standen mit dem

Rücken zur Wand und hatten eine gefährliche Situation geschaffen. Sie bezweifelte nicht, dass die beiden alles Nötige tun würden, um sich selbst zu schützen. Die ganze Nacht über hatte sie an Max gedacht. Sie wollte doch bloß eine Gelegenheit, um ihm zu zeigen, wie sie sich fühlte. Ihre Gründe dafür, dass sie etwas Zeit und Freiraum gebraucht hatte, waren nicht völlig abwegig gewesen, aber jetzt verblassten sie angesichts der Tatsache, dass sie die Gelegenheit verpassen könnte, ihm ihre wahren Gefühle zu offenbaren. Sie hatte nie aufgehört, ihn zu lieben und das würde sie auch nie.

Heiße Tränen stachen ihr in die Augen. Ihre Gefühle waren aufgewühlt. Abgesehen von allem anderen hatte das Beruhigungsmittel ihre seelische Widerstandskraft geschwächt und jede Gefühlsregung war direkt unter die Oberfläche gedrungen. Sie fragte sich, wo Max jetzt wohl steckte und ob er etwas darüber wusste, wo sie war. Die murmelnden Stimmen brachten sie auch nicht weiter, also umrundete sie langsam den Raum und suchte nach Möglichkeiten, hier herauszukommen. Wenn sie sich wandelte, hätte sie die Kraft, das Fenster vollständig herauszubrechen. Es war eines dieser schmalen Klappfenster, die sich nur in der unteren Hälfte öffnen ließen. Wenn sie es durchbrechen könnte, könnte sie nach draußen in den Wald gelangen und abhauen. Das Problem war nur, dass sie hier sein wollte, um zu helfen, falls etwas anderes passieren würde. In Anbetracht von Marshalls Äußerungen gestern Abend vermutete sie, dass er sich mit Hank in Verbindung setzen und versuchen wollte, mit ihr als Druckmittel eine bessere Lösung für sich auszuhandeln.

Ihre Gedanken kreisten um die noch offene Frage, wer etwas mit dem Unfall zu tun hatte, bei dem Max'

Vater ums Leben gekommen war. Wenn es nicht Marshall gewesen war, blieb nur Wallace übrig. Während sie darüber nachdachte, hörte sie draußen ein Geräusch und ging zum Fenster, wo sie Max sah, der sich langsam durch die Bäume hinter dem Haus bewegte. Ihr Herz machte einen Sprung vor Freude und gleichzeitig auch vor Sorge. Sie war überglücklich, dass er hier war, um sie zu finden, und hatte zugleich Angst davor, was passieren könnte, wenn er versuchte, einzugreifen. Sie würde ertragen, selbst verletzt zu werden, aber sie wollte nicht, dass ihm etwas zustieß.

Gerade als ihr diese Gedanken durch den Kopf gingen, sah sie aus den Augenwinkeln eine Bewegung. Lee hatte sich gewandelt und raste über das Gelände auf Max zu. Max wandelte sich blitzschnell. Sie dachte nicht einmal nach und sprang sofort auf das Fenster zu. Bei ihrem ersten Versuch durchbrach sie den unteren Teil. Sie wich zurück, umrundete das Zimmer und stürmte erneut auf das Fenster zu, diesmal gab der Rahmen nach und sie stürzte nach draußen, wobei Glas und Trümmer um sie herum herabfielen. Lee hatte Max noch nicht eingeholt. Max flitzte durch die Bäume und sprang von Ast zu Ast, während er sich mit Lee eine wilde Verfolgungsjagd durch den Wald lieferte.

Eine gewaltige Welle der Kraft durchströmte sie, zusammen mit einer unbändigen Wut. Sie rannte geradewegs auf Lee zu und riss ihn an seinen Hinterläufen zu Boden. Er hatte sie nicht kommen gehört, also war das Überraschungsmoment auf ihrer Seite. Sie hörte leise Max' Gebrüll von einem Baum in der Nähe, aber dem schenkte sie keine Beachtung. Vielmehr ging sie auf Lee los und griff ihn heftig an. Sie versetzte ihm mehrere kräftige Treffer und verletzte ihn an der vorderen Schulter, aber er rollte sich ab und schaffte es, auf die Beine zu kommen. Sie nahm die Verfolgung auf, während er immer wieder versuchte, ihr auszuweichen. Er war viel größer und schwerer als sie. Ihre geringere Größe und schnellere Beweglichkeit hinderte ihn jedoch daran, sie abzuschütteln. Sie spürte, wie Max neben ihr auftauchte. Er knurrte und versuchte, sie aus dem Weg zu drängen. Sie wich ihm aus, legte einen Zahn zu und schleuderte Lee mit einem heftigen Angriff auf seine Hinterbeine wieder zu Boden.

Dann stürzte sie sich auf ihn und packte ihn an der Kehle, bevor er die Möglichkeit hatte, wieder aufzustehen. Max knurrte und versuchte erneut, sie zur Seite zu drängen. Doch sie knurrte sofort zurück. Das war ihr Kampf. Lee wehrte sich einen Augenblick lang gegen ihren Griff, gab aber schließlich auf. Sie hatte gar nicht bemerkt, dass Hank und Marshall aus dem Haus gekommen waren, und blickte erst auf, als sie Hank ihren Namen sagen hörte. Er war immer noch in menschlicher Gestalt, ebenso wie Marshall. Als er sich näherte, verwandelte sich Lee wieder in seine menschliche Gestalt, schmutzig und blutverschmiert.

KAPITEL SIEBZEHN

Max stand im Wald, sein Atem ging stoßweise und in ihm kämpften eine unbändige Wut und Begierde gleichermaßen. Roxy stand in der Nähe, ihre Seite war blutverschmiert. Er hatte gesehen, wie sie durch das Fenster gestürzt und direkt auf Lee zugestürmt war, und er war in ihre Richtung gerannt, weil er sie unbedingt beschützen wollte. Allerdings hätte er wissen müssen, dass sie sich nicht viel aus seiner Einmischung machen würde, denn sie hatte ihn angeknurrt, als er versucht hatte, sie beiseite zu schieben. Er hatte ganz vergessen, wie prächtig sie in ihrer Löwengestalt war – anmutig und stark und verdammt angriffslustig.

In kürzester Zeit hatte Hank Lee und Marshall Handschellen angelegt. Seine beiden Unterstützer waren irgendwann aufgetaucht, als Roxy Lee überwältigt hatte. Das kleine Druckmittel, das Marshall und Lee durch die Entführung von Roxy erlangt hatten, war nun hinfällig, und sie hatten sich nur noch mehr Ärger eingehandelt. Max' letzte Frage war, ob er jemals herausfinden würde, wer hinter dem tödlichen Unfall seines Vaters in der Fabrik stecken würde oder nicht.

Aber im Augenblick wollte er nur sicherstellen, dass es Roxy gut ging.

Während Hank und seine Kollegen sich um die Verhaftungen kümmerten, wandelten sich Max und Roxanne wieder in Menschengestalt und zogen sich ihre zerschlissene Kleidung an. Als Max sich ihr näherte, traf ihn ihr Blick und es fühlte sich an, als ob die Verbindung zwischen ihnen lebendig wäre, so stark, dass sie in ihrer elektrischen Spannung fast sichtbar war.

Er erreichte ihre Seite und hob seine Hand, mit der er vorsichtig über einen der Kratzer an ihrem Hals strich. „Alles in Ordnung?", fragte er und kämpfte gegen den Drang an, sie in seine Arme zu schließen und sie irgendwohin zu verschleppen.

Sie nickte. „Die meisten Kratzer stammen von dem Fenster, durch das ich ausgebrochen bin." Ihre Augen hielten ihn einen langen Augenblick lang fest, bevor sie wieder das Wort ergriff. „Und du?"

„Kein einziger Kratzer."

Zwischen ihnen herrschte ein Gefühlschaos. Sie war wieder für ein paar Sekunden schweigsam. „Und bei all dem weiß ich nicht mal, ob Hank irgendwas Neues herausgefunden hat."

„Ich auch nicht." Er blickte sich um und sah, wie Hank mit einem seiner Mitarbeiter sprach. Als er Hank erblickte, rief er ihm zu: „Sollen wir hier warten oder wäre es besser, wenn wir dich auf dem Revier treffen?"

Hank gab dem Deputy noch eine Anweisung und schritt dann zu ihnen hinüber. „Wir treffen uns nachher auf dem Revier. Wir haben hier im Augenblick einiges zu erledigen, bei dem ihr nicht wirklich mithelfen könnt." Sein Blick wanderte zu Roxanne. „Geht es dir gut?"

„Bestens", antwortete sie schnell.

„Vielleicht möchtest du ja im Krankenhaus vorbeischauen, um dich untersuchen zu lassen. Ich mache mir keine Sorgen um deine Kratzer, aber hast du irgendeine Ahnung, was sie dir verabreicht haben?"

Roxanne verdrehte die Augen. „Irgendein Beruhigungsmittel. Ich glaube nicht, dass es nötig ist, mich durchchecken zu lassen. Ich werde ..."

Max schaltete sich ein. „Ich bringe dich hin. Hank hat recht. Wer kann schon wissen, was das war? Lass dich nur schnell durchchecken."

Sie sah zwischen den beiden hin und her und seufzte. „Na gut. Es lohnt sich nicht, darüber zu streiten. Hoffentlich haben Phoebe oder Shana Dienst, dann geht es schnell."

———

Roxanne stieg hinter dem Laden aus Max' Geländewagen und schaute in den Himmel. Es war noch früh am Nachmittag. Die Sonne strahlte hell vom blauen Himmel. Der Schneesturm der letzten Nacht hatte fast einen halben Meter Schnee auf Catamount abgeladen, und die Sonne funkelte in den Tropfen Schmelzwasser auf den Bäumen. Es war kaum zu glauben, dass sie noch vor wenigen Stunden in dem winzigen Schlafzimmer der Hogans eingesperrt gewesen war. Sie wollte sich schon der Hintertür nähern, als ihr einfiel, dass sie ihre Schlüssel nicht dabeihatte. Nachdem Lee sie in der Dunkelheit hinausgezerrt hatte, hatte sie nichts bei sich gehabt. Max hatte darauf bestanden, dass sie seine gefütterte Jeansjacke anzog. Sie genoss das Gefühl, dass sein Duft sie umgab, als sie durch den Schnee zum Eingang des Ladens spazierten.

Sobald sie den Laden betreten hatten, kam Diane um den Kassentresen herum und umarmte sie. Nachdem sie kurz zurückgewichen war, ließ sie ihren Blick über Roxanne schweifen. „Du hast ja keine Vorstellung, wie erleichtert ich bin, dich zu sehen! Ich habe gleich gewusst, dass etwas nicht stimmt, als du heute Morgen nicht oben warst und die Hintertür nicht verschlossen war." Ihr Blick hüpfte zwischen Roxanne und Max hin und her. „Danke, dass du mich angerufen hast, als ihr auf dem Weg ins Krankenhaus wart", sagte sie zu Max.

„Kein Problem. Ich habe mir gedacht, dass du dir vielleicht Sorgen machst", antwortete er.

Ein Kunde näherte sich dem Tresen, und Diane trat zur Seite. „Geh dich etwas ausruhen. Becky hat Verstärkung angefordert, also wirst du heute nicht im Laden gebraucht."

Als sie durch die Gänge und in den hinteren Flur gingen, ruhte Max' Hand auf ihrem Rücken, die Hitze legte sich wie ein Brandzeichen über sie. Die lange, seltsame Nacht und die plötzliche Angst um seine Sicherheit heute Morgen, als sie gesehen hatte, wie Lee auf Max zugestürmt war, hatten Roxanne ziemlich zugesetzt. Lange Zeit war sie stolz darauf gewesen, ihre Gefühle im Griff zu haben. Nachdem Max sie verlassen hatte, hatte sie an ihrer Stärke und Kontrolle gearbeitet und sich auf die Eigenschaften verlassen, die ihr Herz hinter einer Schutzmauer sicher und gesund gehalten hatten. Doch nun hatte diese Kontrolle sie völlig im Stich gelassen. Sie wollte doch bloß ihre aufgestauten Gefühle loswerden, die wild in ihr herumwirbelten.

Keiner von ihnen sprach ein Wort, als sie den Flur und die Treppe hinaufgingen. Sobald sie die Küche betreten hatten, begab sie sich ins Wohnzimmer und kniete sich sofort hin, um ein Feuer in dem auf Hochglanz polierten Granitkamin zu entfachen. Sie wusste nicht warum, aber sie brauchte jetzt die Wärme und die Behaglichkeit eines Feuers. Innerhalb weniger Augenblicke brannte das Feuer und sie stand auf und drehte sich zu Max um, der sich mit dem Ellbogen direkt neben ihr auf dem Kamin aufstützte. Das Sonnenlicht fiel schräg durch die hohen Fenster und ließ sein mahagonifarbenes Haar erstrahlen. Sein Blick blieb an ihrem hängen, und sie konnte sich nicht abwenden.

Er neigte seinen Kopf zur Seite. „Wie war das noch gleich mit dem Freiraum für dich?", fragte er.

Ihre Kehle schnürte sich zu, als sie nickte. „Du warst einfach großartig. Eigentlich viel zu großartig." Ein Anflug von Angst stieg in ihr auf, aber den vertrieb sie auf der Stelle. Sie liebte ihn. Sie hatte ihn schon immer geliebt und entweder ließ sie zu, dass ihre Angst sie zurückhielt, oder sie vertraute auf das, was zwischen ihnen lag. Dann trat sie einen Schritt näher, hob ihre Hand und legte sie auf seine Brust, wo sie seinen Herzschlag spüren konnte. „Ich wollte dich nicht von mir wegschubsen", erklärte sie mit brüchiger Stimme.

Sein Blick löste sich nicht von ihrem. Er trat einen Schritt näher und fuhr mit seiner Hand in ihr Haar, um ihren Nacken zu umfassen. „Vor langer Zeit habe ich das Gleiche getan. Damals habe ich fünfzehn Jahre gebraucht, um zu dir zurückzukommen, also habe ich mir gedacht, wenn du etwas Abstand brauchst, ist das das Mindeste, was ich tun kann. Du bist die Einzige für mich, also muss ich wissen, dass du aus freien Stücken bei mir bist, nicht wegen mir."

Eine Träne lief ihr über die Wange. Er strich sie mit seiner Fingerkuppe beiseite. Sie schluckte und war kaum in der Lage, die tiefen Gefühle, die in ihr aufstiegen, zu unterdrücken. „Das bin ich ja. Ich habe immer noch Angst, aber wenn ich in der letzten Woche eines gelernt habe, dann, dass es mich verrückt macht, wenn ich weiß, dass du in der Nähe bist und ich nicht bei dir sein kann. Ich habe dich so sehr vermisst, dabei warst du genau hier." Ihr entwich ein Schluchzen und er zog sie an sich, seine Umarmung war warm und stark und alles, was sie brauchte. Nach ein paar Augenblicken verwandelte sich das angespannte Gefühl in pure Begierde. Sein harter, muskulöser Körper an ihrem war wie eine Droge.

Sie lehnte ihren Kopf zurück und schaute zu ihm auf. Sein Blick senkte sich, Hitze und reines Verlangen spiegelten sich in ihr wider. Mit einer Hand strich sie über seine Lippen. Er atmete stoßweise aus und sein Mund traf auf den ihren. Innerhalb von Sekunden fühlte sie sich, als stünde sie innerlich und äußerlich in Flammen. Nur eine Woche ohne seine Berührung und sie war völlig am Ende. Zwischen heißen, betäubenden Küssen wurden ihr in Windeseile die Klamotten vom Leib gerissen. Schließlich fand sich Roxanne vor Max wieder, der auf der Couch saß. Das Feuer knisterte hinter ihr, vertrieb die Kälte aus dem Raum und sorgte für eine ebenso intensive Hitze zwischen ihnen.

Seine Hände fuhren an ihren Seiten entlang und liebkosten die Kurve ihrer Hüften. Ungeduldig trat sie näher an ihn heran und stützte ein Knie neben ihm auf der Couch ab. Seine Erregung war unverhohlen – sein Schwanz stand erhobenen Hauptes da und wartete schon auf sie. Nun wollte sie ihn bloß noch in sich spüren. Er schob eine Hand zwischen ihre Schenkel, als sich sein Mund über einer Brustwarze schloss. Er biss zu, während er zwei Finger in ihren Kanal schob. Sie schrie auf und das leichte Brennen seines Bisses war Balsam für das Verlangen, das in ihr brodelte. Sie war so feucht, dass sie es kaum aushielt. Während seine Finger hin und her glitten, setzte sie sich rittlings auf ihn und schob seine Hand aus dem Weg. Sie legte ihre Hand um sein samtiges Glied, richtete sich auf und setzte ihn an ihren Eingang. Wieder biss er sanft in ihre andere Brustwarze, und sie konnte sich nicht mehr beherrschen und schrie auf. Daraufhin löste er seinen Mund von ihr.

„Roxy, sieh mich an."

Als sie ihre Augen öffnete, fuhr er ihr mit der Hand durch die Haare und bewegte langsam seine Hüften. Seine andere Hand umfasste ihr Becken und senkte sie Zentimeter für Zentimeter auf ihn herab. Sie zitterte unter seinem dunklen Blick. Dann füllte er sie mit einem sanften Stoß vollständig aus. Einige Atemzüge lang schwiegen sie, die Luft um sie herum flirrte vor Lust. Schließlich begann er sich langsam zu bewegen, und sie ließ ihre Hüften im Gleichklang mit seinen kreisen. In einem langsamen Tanz, festgehalten von seinem Blick, stürzte sie sich in die glühende Verbindung zwischen ihnen. Jeder Stoß brachte sie näher und näher an den Rand des Abgrunds. Die Lust zog sich immer enger zusammen, bis er mit seinem Daumen über die Stelle strich, an der sie sich vereinigten. Sie zerbarst förmlich und schrie seinen Namen. Mit einem kräftigen Aufschrei ließ er sich von ihr mitreißen und sein Kopf fiel mit einem lauten Heulen nach hinten.

Sie sank langsam zu Boden und ruhte sich in seiner starken Umarmung aus. Seine Hand wanderte durch ihre Haare und er streichelte sie behutsam. Schließlich öffnete sie ihre Augen. Sein Kopf lehnte an der Rückenlehne der Couch. Er musste ihren Blick gespürt haben und öffnete ebenfalls die Augen.

„Hey, du“, sagte er leise.

Ein Kichern ertönte. „Hey.“

Er lächelte und wurde dann ganz ernst. „Ich liebe dich“, sagte er und seine Worte trafen sie mitten ins Herz.

Sie unterdrückte ihre Tränen. „Ich liebe dich auch. Und ich bin so froh, dass du wieder zu Hause bist.“ Dann beugte sie sich vor und legte ihren Kopf an seine Schulter, um seine Nähe auszukosten.

EPILOG

Max öffnete die Augen, atmete tief ein und genoss das Gefühl von Roxys üppigem Körper, der sich an ihn schmiegte. Es war eine arbeitsreiche Woche gewesen, seit Lee und Marshall Roxy entführt hatten, um sie als Druckmittel für ihre Verhandlungen mit der Polizei zu benutzen. Jede einzelne Nacht, die seitdem vergangen war, war Roxy in seinen Armen gelegen. Wie er war sie eine Frühaufsteherin, weil sie jahrelang früh aufgestanden war, um für den Feinkostladen zu backen. Im Augenblick schlief sie noch, ihr Körper war sanft und geschmeidig. Er kuschelte sich von hinten an sie und stützte sich vorsichtig auf einen Ellbogen. Es war der erste Weihnachtsfeiertag und das Wetter hatte ihnen einen herrlichen, verschneiten Morgen beschert. Es war kaum noch hell und die weichen Schneeflocken waren heller als der trübe graue Himmel.

Er strich ihr das verfilzte Haar von der Wange. Sie öffnete ihre Augen und schmiegte sich eng an ihn. Sein Körper, der jedes Mal, wenn sie in seiner Nähe war, mit kaum gezügelter Lust auf Hochtouren lief, spannte sich augenblicklich an. Sie blinzelte mit ihren hellblauen Augen und streckte sich. „Wir müssen aufstehen“, stellte sie mit vom Schlaf belegter Stimme fest.

„Jetzt gleich?“

Sie nickte nachdrücklich. „Äh, ja. Ich muss noch jede Menge backen und kochen, bevor alle zum Weihnachtsessen kommen. Komm schon.“ Sie schlug die Decke beiseite und griff nach seiner Hand. Da er nirgendwo anders sein wollte als dort, wo sie gerade war, folgte er ihr, als sie ihn hinter sich in die Dusche zog.

Er hatte es geschafft, einen kurzen Augenblick in der Dusche zu erhaschen. Nachdem er sie zwischen ihren Schenkeln gestreichelt hatte, hatte er herausgefunden, dass sie heiß, nass und nur allzu willig war. Also hatte er sich kurzentschlossen mit einem Stoß in ihrem Kanal versenkt. Nun schritt er langsam die Treppe hinunter, wo Roxy bereits in der Küche herumwirbelte. Nachdem sie aus der Dusche gestiegen waren, hatte sie sich in Rekordzeit angezogen und war die Treppe hinuntergeflitzt. Er machte sich auf den Weg zur Kaffeemaschine in der Ecke und schenkte sich eine Tasse ein. Als er einen Blick in ihre Richtung warf und nicht die übliche Kaffeetasse neben ihr sah, schnappte er sich eine weitere Tasse und füllte sie, bevor er sie zu ihr hinübertrug, wo sie gerade dabei war, den Teig für die Torten auszurollen.

„Ich dachte, du könntest etwas hiervon gebrauchen“, stellte er fest, während er die Kaffeetasse in die Höhe hielt und sie dann auf den Edelstahltisch neben sie stellte.

Sie lächelte und hielt inne, um das Nudelholz abzulegen, bevor sie sich den Kaffee schnappte und einen großen Schluck nahm. „Oh, danke.“ Dann nahm sie das Nudelholz in die Hand und machte sich gleich wieder an die Arbeit.

„Also gut, was kann ich tun?", fragte er.

Es war kaum sieben Uhr morgens. Die Sonne kroch gerade über die Bäume und den nächstgelegenen Bergkamm und warf ein sanftes Licht durch die hohen Fenster, die sich über die gesamte Länge der Wand auf der einen Seite der Küche erstreckten. Heute waren nur Freunde und Familie eingeladen, also hatte Max sich vorgenommen, den Vormittag damit zu verbringen, Roxy bei allem zu helfen, was sie brauchte. Sie hielt inne und strich sich eine lose Haarsträhne aus dem Gesicht, wodurch ein Mehlfleck auf ihrer Wange zurückblieb. Sie sah ihn an und warf einen Blick in Richtung des hinteren Flurs. „Könntest du ein paar Sachen aus dem Kühlraum da hinten holen? Wir haben zwei Schinken und zwei Truthähne. Diane hat sie gestern vorbereitet, also müssen sie nur noch in den Ofen."

„Alles klar." Er nahm einen schnellen Schluck Kaffee und ließ ihn stehen, während er den Flur entlang zum großen Kühlraum im hinteren Teil des Ladens schritt.

Als er mit dem ersten Schinken in der Bratpfanne zurückkam, waren Phoebe und Jake schon da. Phoebe hatte sich bereits in die Arbeit mit Roxanne gestürzt, während Jake sich am Kaffee bediente. Sobald Jake Max sah, trat er an seine Seite. „Kann ich helfen?"

Nachdem Max den Schinken auf den Tresen neben dem gewaltigen Backofen gestellt hatte, bedeutete er Jake, ihm zu folgen. „Wir haben heute eine tragende Rolle", sagte er grinsend.

Als sie nach hinten gingen, ergriff Jake das Wort. „Ich habe letztens von Hank gehört, dass die Staatsanwaltschaft endlich Anklage gegen Wallace wegen Totschlags erhoben hat."

Max nickte. „Ich auch. Er hat mich neulich spätabends angerufen und mir Bescheid gesagt." Dann hielt er inne und überlegte, wie er sich fühlte. Er war erleichtert und fühlte sich im Namen seines Vaters bestätigt, aber vor allem war er verdammt froh, dass der ganze Schlamassel endlich vorüber war. Die Entscheidung seiner Mutter, ihm ihren Verdacht erst Jahre später mitzuteilen, ärgerte ihn zwar immer noch, aber er begriff, dass ihm das Jahre an Enttäuschung und Verbitterung erspart hatte. Wäre Wallace nicht in das Schmuggelnetzwerk verwickelt worden, hätte die Polizei nie das Druckmittel gehabt, über das sie am Ende verfügte. Wallace hatte schließlich zugegeben, dass er einen Schraubenschlüssel in den riesigen Papierrollen zurückgelassen hatte, in der Hoffnung, Max' Vater dadurch zu verletzen. Der Druck, der ihn zum Einlenken gebracht hatte, war, dass die Behörden das wenige Vermögen, das er noch hatte, eingefroren hatten. Abgesehen von Brad lebte Wallaces Frau allein auf dem alten Anwesen der Familie und hatte gesundheitliche Probleme aufgrund eines Herzinfarkts, den sie nach dem Tod ihres ältesten Sohnes erlitten hatte.

Brad hatte die gesamte Buchhaltung der Familie übergeben, was den Behörden geholfen hatte, das vor so vielen Jahren unterschlagene Geld zurückzuverfolgen. Hank hatte Max angeboten, selbst mit Wallace zu sprechen, aber das interessierte ihn ehrlich gesagt überhaupt nicht. Zwar hatte er seinen Vater nicht zurückholen können, aber er konnte beruhigt sein, dass die Wahrheit endlich ans Licht gekommen war. Vor dem Kühlraum hielt er inne und sah Jake an. „Danke für deine Hilfe bei den Ermittlungen. Ohne die Arbeit, die du und Lily geleistet habt, wären wir den Verantwortlichen für die Unterschlagung wohl nie auf die Spur gekommen. Das war der Schlüssel zu allem anderen."

Jake nickte. „Keine Ursache. Ich bin froh, dass wir endlich wissen, was passiert ist. Ich weiß, dass deine Eltern nicht mehr unter uns weilen, aber ich hoffe, es hilft ein bisschen.“

„Es hilft sehr. Ich habe immer schon gewusst, dass ich nach Catamount zurückkommen würde, aber es ist schön, dass ich nicht mehr mit unzähligen Fragen belastet bin.“

„Ich hoffe, dass ich von nun an nur noch für langweilige Fälle Onlineforensik betreiben muss“, antwortete Jake mit einem schiefen Grinsen.

Max schob die Tür zum Kühlraum auf. In der nächsten Stunde waren er und Jake die Laufburschen des Hauses. Lange nachdem sie die angeforderten Schinken und Truthähne in die Küche gebracht hatten, schleppte Max eine Platte mit Appetithäppchen zu den Tischen, die er und Jake zuvor aufgebaut hatten.

Im Laufe des Tages füllte sich der Laden langsam mit Shifterfamilien und anderen Einheimischen. Roxanne erklärte schließlich, dass alles so gut wie fertig sei, und eilte nach oben, um sich umzuziehen, während Phoebe und Shana für ein paar Minuten die Öfen überwachten. Max folgte ihr und betrat ein paar Minuten später ihr Schlafzimmer im Obergeschoss. Roxanne stand vor ihrer Kommode und fummelte an ihren Haaren herum. Sein Blick fiel auf ihr Spiegelbild über der Kommode. Sie verdrehte die Augen und drehte sich um. „Ich gebe auf“, erklärte sie und deutete auf ihr Haar.

Honiggoldene Wellen fielen ihr um die Schultern. Daraufhin trat er zu ihr. „Du siehst wunderschön aus. Warum machst du dir Sorgen um dein Haar?“ Er streckte seine Hand aus und fuhr mit den Fingern durch die seidigen Locken.

Sie hob achselzuckend eine Schulter. „Weil es immer halb herunterfällt, also habe ich versucht, mir etwas Mühe zu geben."

„Es ist einfach wunderschön."

Als er an ihrem ersten gemeinsamen Weihnachtsfest seit fünfzehn Jahren vor ihr stand, krampfte sich seine Brust vor Rührung zusammen. Er fuhr mit der Hand durch ihr Haar und neigte seinen Kopf für einen kurzen Kuss. „Sei einfach du selbst."

Mit funkelnden Augen blickte sie auf. „Du bist hier, und es ist Weihnachten." Zum Schluss brach ihre Stimme. Sie strich ihm mit der Fingerspitze über das Kinn.

Daraufhin ließ er seinen Kopf sinken, bis seine Stirn auf der ihren lag. „Ohne dich wäre das völlig unbedeutend."

Sie hob ihren Kopf gerade so weit an, dass sie seine Lippen küssen konnte. Im Nu war er bereit, sie auf der Stelle zu vernaschen. Da polterten Schritte die Treppe herauf. „Roxanne! Einer der Öfen hat Feuer gefangen!"

Der Augenblick war wie weggeblasen, und Roxanne wirbelte herum. „Was?!", fragte sie, während sie zur Tür rannte, wo Joey stand.

Max sammelte sich und raste hinter Joey und Roxanne die Treppe hinunter. Doch Jake hatte das Feuer bereits gelöscht, noch bevor sie unten ankamen. Nach dem kleinen Missgeschick ging es mit der Feier gemütlich weiter.

―――

Roxanne lehnte sich in ihrem Stuhl zurück und seufzte. Sie drehte ihr Weinglas in der Hand und nahm noch einen Schluck, bevor sie es abstellte. Max' Arm lag auf ihren Schultern und er lachte über etwas, das

Hank gesagt hatte. Fast dachte sie, sie müsste sich kneifen. Wenn ihr vor weniger als zwei Monaten jemand gesagt hätte, dass der Mann, dem ihr Herz gehörte, an Weihnachten an ihrer Seite sein würde, hätte sie nur gelacht und versucht, den Hauch von Bitterkeit zu verbergen. Doch jetzt war sie hier, mit ihm an ihrer Seite. Allen Widrigkeiten zum Trotz hatte er die Mauern um ihr Herz niedergerissen.

Stunden später, nachdem sie mit Hilfe vieler ihrer liebsten Freunde aufgeräumt hatte, trocknete sie ihre Hände an einem Handtuch und warf es in den Wäschekorb in der Ecke der Küche. Sie hörte Schritte und dann schob sich Max durch die Schwingtür in den hinteren Flur. Er trug seine Winterjacke und hielt ihre ebenfalls in einer Hand.

„So, das war's. Alle Reste sind abgedeckt und weggeräumt. Wir werden zwar eine Woche brauchen, um das alles aufzuessen, aber es ist geschafft", sagte er.

Sie lachte leise. „Ich gehe morgen alles durch und packe das meiste ein, um es zu verschenken."

„Dann lass uns gehen", schlug Max vor und hielt ihr die Hand hin.

„Wohin?"

Er legte den Kopf schief. „Folge mir einfach."

„Ich hasse Überraschungen", antwortete sie, als sie sich ihm näherte und ihre Hand in seine legte.

Er warf ihr die Jacke über die Schultern, als sie den Flur entlanggingen. Sie folgte seinem Beispiel, als er sich seine Stiefel überstreifte. Dann gingen sie nach draußen. Die Luft war scharf und eisig. Sie hielt inne und blickte in den Himmel. Der Schnee hatte schon vor einer Weile aufgehört zu fallen und eine flauschige Decke über Catamount gelegt. Die Sterne leuchteten hell vor dem tiefschwarzen Himmel. Er ergriff fest ihre Hand und gab ihr einen kleinen Ruck.

„Komm schon."

Sie fühlte sich etwas albern und trottete hinter ihm her. Catamount war ruhig an diesem verschneiten Weihnachtsabend, kein einziges Auto war zu sehen. Er lief voran zum Stadtpark. Niemand hatte an den Feiertagen die Wege freigeschaufelt, also hinterließen sie Fußspuren im Schnee. An der großen Tanne in der Mitte des Parks blieb Max stehen, die Lichterketten funkelten in der Dunkelheit.

Ihr Herz war so erfüllt vor Liebe, dass sie es kaum ertragen konnte. Da kniete er sich in den Schnee und zog einen kleinen Beutel heraus. Er schüttelte den Schnee ab, entnahm ihm eine kleine Schachtel und reichte sie ihr.

„Den hier wollte ich dir eigentlich zu Weihnachten schenken, nachdem wir weggezogen waren. Ich habe ihn die ganze Zeit über aufbewahrt. Genau wie damals wollte ich, dass du weißt, dass ich dich liebe und wir heiraten, sobald du bereit bist. Ich hoffe, es ist nicht zu früh, ihn dir zu geben. Ich erwarte gar nichts, weil ich weiß ...“

Sie unterbrach ihn, während sie sich auf ihn stürzte und sie beide im Schnee landeten. „Ja!“, rief sie, während sie sich den Schnee aus den Augen strich und zu ihm hinunterschaute.

„Aber ...“

Sie setzte sich mühsam auf und stützte sich mit dem Ellbogen auf seiner Brust ab. „Oh, jetzt bist du derjenige mit den vielen 'Abers'. Ich habe jetzt genügend Zeit gehabt.“

Sein Mund verzog sich zu einem Lächeln. Sie strich ihm den Schnee aus dem Gesicht und beugte sich zu einem Kuss hinunter. „Ich war bereit zu warten ... nur damit du es weißt“, flüsterte er gegen ihren Mund.

Sie drückte ihm einen kurzen Kuss auf die Lippen,

der angenehm warm war im Gegensatz zu dem kalten Schnee, der sie umgab.

„Du hast dir den Ring doch noch nicht einmal angesehen“, bemerkte er, als sie sich zurückzog.

„Oh! Wo ist er denn hin?“

Sie rappelte sich auf und Max tat es ihr gleich. Es dauerte einige Minuten, bis sie die kleine Schachtel im Schnee fand. Darin fand sie einen silbernen Ring, der mit Saphiren besetzt war. Dann machten sie sich unter Tränen, Gelächter und fröstelnd auf den Heimweg durch die verschneite Nacht.

Melden Sie sich unbedingt für meinen Newsletter an, um die neuesten Nachrichten, Leseproben und mehr zu erhalten! Klicken Sie hier, um sich anzumelden: https://jh-croix.ck.page/ee53a5ef22

Als nächstes in der Serie: **Der Löwe in mir**

ÜBER DEN AUTOR

USA Today-Bestsellerautorin J. H. Croix lebt mit ihrem Mann und zwei verwöhnten Hunden in einer kleinen Stadt. Croix schreibt zeitgenössische Liebesromane mit starken Frauen und Alphamännern, die sich nicht scheuen, Gefühle zu zeigen. Ihre Liebe zu schrulligen Kleinstädten und den dort lebenden Charakteren spiegelt sich in ihren Texten wider. Machen Sie einen Spaziergang auf der wilden Seite der Romantik mit ihren Bestseller-Romanen!

jhcroixauthor.com
jhcroix@jhcroix.com

facebook.com/jhcroix
instagram.com/jhcroix
bookbub.com/authors/j-h-croix

www.ingramcontent.com/pod-product-compliance
Lightning Source LLC
Chambersburg PA
CBHW061300210726
48293CB00003B/1042